文春文庫

秋山久蔵御用控

冬の椿

藤井邦夫

目次

第一話　臆病神　13
第二話　冬の椿　101
第三話　木戸番　185
第四話　落し前　261

「秋山久蔵御用控」江戸略地図

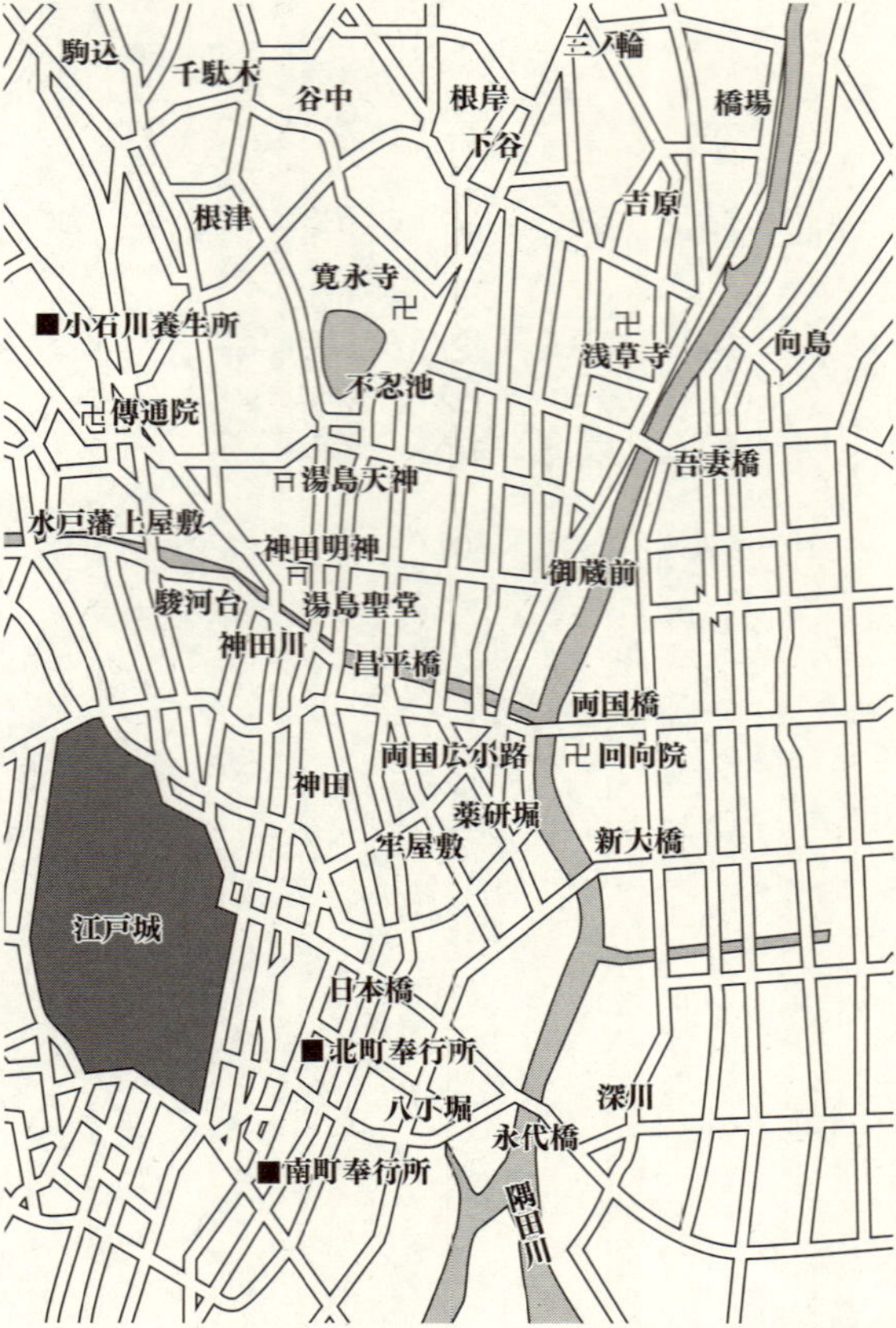

実際の縮尺とは異なります

日本橋を南に渡り、日本橋通りを進むと京橋に出る。京橋は八丁堀に架かっており、尚も南に新両替町、銀座町と進み、四丁目の角を右手に曲がると外堀の数寄屋河岸に出る。そこに架かっているのが数寄屋橋御門であり、渡ると南町奉行所があった。南町奉行所には〝剃刀久蔵〟と呼ばれ、悪人を震え上がらせる一人の与力がいた……。

秋山久蔵御用控・登場人物

秋山久蔵（あきやまきゅうぞう）

南町奉行所吟味方与力。〝剃刀久蔵〟と称され、悪人たちに恐れられている。何者にも媚びへつらわず、自分のやり方で正義を貫く。「町奉行所の役人は、お奉行の為に働いてるんじゃねえ、江戸八百八町で真面目に暮らしてる庶民の為に働いているんだ。違うかい」（久蔵の言葉）。心形刀流の使い手。普段は温和な人物だが、悪党に対しては、情け無用の冷酷さを秘めている。

弥平次（やへいじ）

柳橋の弥平次。秋山久蔵から手札を貰う岡っ引。柳橋の船宿『笹舟』の主人で、〝柳橋の親分〟と呼ばれる。若い頃は、江戸の裏社会に通じた遊び人。

神崎和馬（かんざきかずま）

南町奉行所定町廻り同心。秋山久蔵の部下。二十歳過ぎの若者。

蛭子市兵衛（えびすいちべえ）

南町奉行所臨時廻り同心。久蔵からその探索能力を高く評価されている人物。妻が下男と逃げてから他人との接触を出来るだけ断っている。凧作りの名人で凧職人として生きていけるほどの腕前。

香織（かおり）

久蔵の後添え。亡き妻・雪乃の腹違いの妹。惨殺された父の仇を、久蔵の力添えで討った過去がある。長男の大助を出産した。

与平、お福（よへい、おふく）

親の代からの秋山家の奉公人。

幸吉（こうきち）

弥平次の下っ引。

寅吉、雲海坊、由松、勇次、伝八、長八（とらきち、うんかいぼう、よしまつ、ゆうじ、でんぱち、ちょうはち）

鋳掛屋の寅吉、托鉢坊主の雲海坊、しゃぼん玉売りの由松、船頭の勇次。弥平次の手先として働くものたち。伝八は江戸でも五本の指に入る、『笹舟』の老練な船頭の親方。長八は手先から外れ、蕎麦屋を営んでいる。

おまき

弥平次の女房。『笹舟』の女将。

お糸（おいと）

弥平次、おまき夫婦の養女。

太市（たいち）

秋山家の若い奉公人。

秋山久蔵御用控

冬の椿

第一話

臆病神

一

正月――一月。

松の内は七日迄であり、箒《ほうき》で福の神を掃き出さないように家の掃除は行なわない。それは、手足の爪を切らないのも同じだった。

元日、八丁堀《はっちょうぼり》の町には獅子舞や門付《かどづ》け、年始客や初詣の人たちが行き交う。

二日は初夢であり、初売りである。

太市《たいち》は香織《かおり》に命じられ、京橋の北詰の具足町《ぐそくちょう》にある菓子屋『あわ家《や》惣兵衛《そうべえ》』に注文してある菓子を取りに行く事になった。

「おいらも太市ちゃんと一緒に行く」

大助《だいすけ》が叫んだ。

「駄目ですよ、大助。太市の足手纏《まと》いになりますよ」

香織は、大助を窘《たしな》めた。

「ならないよ。頑張って歩くも……」

「駄目よ。途中で草臥《くたび》れて、負んぶだ抱っこだなんて云い出すから……」

「云わないよ。ねえ、太市ちゃん、連れて行って、お願い」

大助は、太市に頼んだ。

京橋の北詰、具足町の菓子屋『あわ家惣兵衛』は、八丁堀岡崎町《おかざきちょう》の秋山《あきやま》屋敷を出て本八丁堀一丁目を抜け、楓川《もみじがわ》に架かっている弾正橋《だんじょうばし》を渡ると直ぐであり、決して遠くはない。

「奥さま、私は構いませんが……」

太市は、香織に告げた。

「わあ、母上。太市ちゃんが良いって云ったよ」

大助は喜んだ。

「本当に良いのですか、太市……」

「京橋迄は、大助さまの見廻りの道程よりちょいと長いぐらいですから、大丈夫ですよ」

太市は笑った。

大助は、老下男の与平《よへい》と見廻りと称して毎朝の散歩を欠かさなかった。

「そうですか。じゃあ大助、太市の云う事をちゃんと聞いて、決して迷惑を掛けてはなりませんよ」

香織は許した。

「うん。早く行こう。太市ちゃん」

大助は、太市の手を引いた。

「はい、はい。じゃあ奥さま……」

太市は苦笑した。

「じゃあ太市、帰りにこれで大助と何か食べていらっしゃい」

香織は、菓子代の他に小粒を差し出した。

「奥さま、旦那さまに戴《いただ》いたお年玉がありますから……」

太市は遠慮した。

「それはそれ。これはお使いの手間賃ですよ。さあ、遠慮しないで……」

「はい。じゃあ……」

太市は、香織から菓子代と小粒を受け取り、大助を連れて秋山屋敷を出た。

「太市ちゃん、出立《しゅったつ》」

大助は、張り切って京橋に向かった。

太市は、苦笑しながら続いた。

菓子屋『あわ家惣兵衛』は、初売りの客で賑わっていた。

太市は、香織の注文してあった菓子を受け取り、金を払った。

「毎度、ありがとうございます。ささ、若さま、あちらで宝引をどうぞ」

番頭は、大助に帳場の端でやっている子供向けの宝引を示した。

「太市ちゃん、宝引だって……」

大助は、戸惑った面持ちで太市を見上げた。

「大助さま。宝引ってのは籤引《くじび》きですよ」

「籤引き……」

〝宝引〟とは福引の一種であり、何本も束ねた紐の一本を引かせ、木槌《きづち》や橙《だいだい》などが結んであるものを当たりとした。

「今日は御目出度いお正月ですから、お子様向けの宝引、外れはなしです。さあ、どうぞ」

番頭は、宝引の紐の先に付いている独楽《こま》や弥次郎兵衛《やじろべえ》、手車、手鞠《てまり》、都鳥などの玩具《おもちゃ》を示した。

「そいつはいいや。大助さま、さあ、宝引を引いて下さい」

太市は、大助に勧めた。

「うん」

大助は、勢い込んで番頭の差し出した紐の束を見た。

「うーん……」

大助は迷った。

太市は、笑みを浮かべて見守った。

「うーん」

大助は、迷った挙げ句に紐の一本を引いた。

紐の先には独楽が付いていていた。

「うわあ、独楽だ」

大助は喜んだ。

「良かったですね。大助さま」

「うん」

「はい。若さま」

番頭は、大助に独楽を差し出した。

「ありがとう」

大助は、番頭に渡された独楽を握り締めて嬉しげに頷いた。

太市と大助は、店の隅の縁台に腰掛けて白玉入りの最中を食べ、菓子屋『あわ家惣兵衛』を後にした。

日本橋の通りには、破魔矢や繭玉《まゆだま》などを持った初詣帰りの人たちが行き交っていた。

太市と大助は、それぞれ菓子箱と独楽を手にして楓川に架かる弾正橋に向かった。

弾正橋から悲鳴があがり、行き交う人たちが散った。

太市は、咄嗟《とっさ》に大助を背後に庇《かば》って立ち止まった。

行き交う人々の散った弾正橋の上では、綿入れの袖無し羽織を着た老爺《ろうや》が苦しげに蹲《うずくま》っていた。

「あっ……」

大助が驚いた。

どうした……。

太市は、蹲っている老爺を窺《うかが》った。

蹲った老爺は、傍らに破魔矢を落として苦しげに胸を押えていた。

散った人々は、蹲っている老爺を遠巻きにして囁《ささや》き合うだけだ。

「大助さま……」

「うん」

太市は、大助を伴って蹲っている老爺に近付いた。

「どうされました……」

太市は、老爺に尋ねた。

「う、うん。心の臓が急にな……」

老爺は、心の臓に手を当てて顔を苦しげに歪《ゆが》めていた。

「あの、どうしたら宜《よろ》しいのでしょう」

太市は、心の臓の発作に苦しむ者を介抱した経験がなかった。

「心配致すな。此のままじっとしていたら治まる筈《はず》だ」

老爺は、心配する太市と大助に引き攣《つ》った笑顔を見せた。

太市は、言葉遣いと小さな白髪髷《しらがまげ》を見て老爺が武士だと気付いた。

「そうですか。では、治まる迄、お付き合い致します」

「すまぬな……」

老爺は、太市に礼を述べた。

「いいえ……」

「そなた、武家の奉公人か……」

「は、はい」

「どちらの……」

「八丁堀の秋山家の奉公人にございます」

「そうか、八丁堀の秋山どのか……」

「うん。おいら大助って云うんだよ」

大助は、老爺に告げた。

「そうか、秋山大助どのか……」

老爺は、独楽を握り締めている大助に苦しげな面持ちで微笑《ほほえ》んだ。

見守っていた人々が、囁き合いながら行き交い始めた。

「どうしたのですか……」

白衣を着た若い女が、薬籠《やくろう》を提《さ》げて駆け寄って来た。

「あっ、お鈴《すず》先生……」

太市は、白衣を着た若い女が産婆のお鈴だと気が付いた。

「あら、太市さんに大助さま……」

お鈴は、大助を取り上げた産婆であり、秋山屋敷に時々訪れていた。

「お鈴先生、こちらの御隠居さまが心の臓の発作で……」

「心の臓の発作……」

お鈴は眉《まゆ》をひそめた。

「はい。どうしたら良いでしょう」

お鈴は困惑した。

「私は産婆ですから……」

「でも、この薬を一粒、お飲みになると宜しいかもしれません」

お鈴は、薬籠から小さな丸薬を取り出した。

「何と申す薬かな……」

老爺は尋ねた。

「はい。じきたりすと申す花の葉から作ったむくみを取る薬ですが、心の臓を強くする効能もあると云われております。でも、飲み過ぎると毒にもなりますが、如何《いかが》致しますか……」

お鈴は、飲むか飲まぬかは老爺に任せた。

「戴こう」

老爺は、お鈴の差し出した竹筒の水で薬を一粒飲んで眼を閉じ、吐息を洩《も》らした。

お鈴、太市、大助は見守った。

老爺の表情は、僅《わず》かだが穏やかになった。

「後は、早くお休みになられると良いのですが……」

「御隠居さま、御屋敷は何処《どこ》ですか」

「楓川沿いを北に行った処だ」

「遠くはありませんね」

お鈴は読んだ。

「ええ。私が御屋敷にお送りしてもいいのですが……」

太市は、そう云いながら大助を見た。

「じゃあ、大助さまは私が御屋敷にお連れします」

「そうして戴けますか……」

「ええ」

「大助さま、太市は御隠居さまをお送りします。大助さまは、お鈴先生と先に御屋敷にお帰り下さい。良いですね」

「うん。分かった」

大助は頷いた。

「じゃあお鈴先生、これを奥さまにお渡し願えますか……」

太市は、菓子箱をお鈴に頼んだ。

「はい。引き受けました」

「では御隠居さま、どうぞ……」

太市は、老爺に背を向けた。

「造作を掛けるな」

老爺は、太市の背に負ぶさった。

「はい。じいじ……」

大助が落ちていた破魔矢を拾い、老爺に渡した。

「おお、忝《かたじけな》い。賢いな、大助どのは……」

老爺は、大助に笑い掛けた。

「じゃあ、宜しくお願いします」

太市はお鈴に会釈をし、老爺を負ぶって楓川沿いの道を北に向かった。

お鈴と大助は、太市と老爺を見送った。

「さあ、行きますよ。大助さま……」

「うん……」

大助は頷き、独楽を握り締めてお鈴と歩き出した。

「あら、独楽ですか……」

「うん。宝引で当たったんだよ」

大助は、自慢げに独楽を見せた。

「まあ、良かったですねえ」

お鈴は微笑んだ。


太市は、老爺を負ぶって楓川沿いを北に進んだ。

老爺の体軀は、老いているとは云えしっかりしており、武士らしさを残していた。

「そなた、名は太市と申すのか……」

老爺は尋ねてきた。

「はい」

「八丁堀は秋山どのの屋敷の太市か……」

「そうです」

「どうかな、奉公は……」

「旦那さまと奥さまがいろいろ教えて下さいますし、若様の大助さまも懐いてくれていて、楽しいです」

「ほう。辛《つら》い事はないのか……」

「ありません」

太市は、迷いや躊躇《ためら》いなく云い切った。

「そうか……」

老爺は、感心した面持ちで頷いた。

太市は、老爺を負ぶって伊勢国桑名藩江戸上屋敷の前を抜けた。そして、肥後国熊本藩江戸下屋敷の表門前に差し掛かった。

「おお、此処だ。降ろしてくれ太市……」

「はい」

太市は、老爺を降ろした。

「造作を掛けたな。お陰で心の臓も随分と楽になった」

「いいえ。御隠居さまは熊本藩の方ですか……」

太市は、怪訝《けげん》な面持ちで老爺と熊本藩江戸下屋敷を見比べた。

「うむ。隠居の春斎《しゅんさい》と申す。太市、世話になったな。お鈴先生や大助どのにも呉々《くれぐれ》も宜しく伝えてくれ」

「は、はい。承知しました」

太市は、戸惑いながら頷いた。

「では な……」

「はい。お大事に……」

太市は、熊本藩江戸下屋敷の潜《くぐ》り戸を叩く老爺を見守った。

潜り戸が開いた。

老爺は、太市に微笑み掛けて潜り戸から熊本藩江戸下屋敷に入った。

秋山屋敷の勝手口の前では、大助が与平に独楽の廻し方を教わっていた。

独楽は廻った。

「やったあ……」

大助は、顔を輝かせて喜んだ。

「上手い、上手い。大助さまは独楽廻しの名人だ」

与平は、手を叩いて誉めた。

「母上、ばあば、お鈴先生、独楽が廻ったよ」

大助は勝手口から台所を覗《のぞ》き、囲炉裏端《いろりばた》で菓子を食べながら茶を飲んでいる香織、お福《ふく》、お鈴に大声で報《しら》せた。


秋山屋敷に戻った太市は、出先から帰っていた久蔵《きゆうぞう》に呼ばれた。

「うむ。話はお鈴から聞いた。して、隠居は無事に送り届けたか……」

「はい……」

太市は頷き、隠居の名と何処に帰ったかを話した。

「それで太市。その春斎と申す隠居、熊本藩細川家の江戸下屋敷に入ったのか……」

秋山久蔵は、微かな戸惑いを過《よ》ぎらせた。

「はい。心の臓の病、悪くならなきゃあ良いのですが……」

太市は心配した。

「それは心配あるまい」

「はい」

「まあ、正月早々の人助け、御苦労だったな。間もなく和馬《かずま》と柳橋《やなぎばし》の皆が来るだろう。仕度をな」

「心得ました。では……」

太市は退《さが》った。

「御隠居の春斎か……」

久蔵は眉をひそめた。


出産に盆も正月もない。

お鈴は出産間近の患者の家に行き、陽は西に大きく傾いた。

南町奉行所定町廻《じょうまちまわ》り同心の神崎《かんざき》和馬が訪れた。続いて岡っ引の柳橋の弥平次《やへいじ》が、女房のおまき、養女のお糸《いと》、下っ引の幸吉《こうきち》、手先の寅吉《とらきち》、雲海坊《うんかいぼう》、由松《よしまつ》、勇次《ゆうじ》、蕎麦《そば》屋『藪十《やぶじゅう》』の長八《ちょうはち》を連れて年始にやって来た。

久蔵は、和馬と弥平次たちを座敷に通した。

久蔵一家と和馬、そして弥平次一家は、新年の挨拶を交わした。

香織は挨拶を終え、お福を伴って台所に立った。

おまきとお糸は手伝いに続いた。

久蔵は、和馬や弥平次と酒を飲んだ。

与平と太市は、寅吉や長八たちに酒を酌して廻った。

「こりゃあ与平さん、畏《おそ》れいります。ま、与平さんも一杯……」

寅吉は、与平に酌を返した。

「すまないねえ、寅さん。今年もどうにか正月を迎えられたぜ」

与平は、嬉しげに酒を飲んだ。

「そいつは何より。さあ、どうぞ……」

長八も与平に酌をした。

「やあ。長さん、年越しの蕎麦は美味かった。お陰さんで寿命が延びたよ」

与平、寅吉、長八は、楽しげに笑った。

香織は、おまきやお糸と料理を運んだ。

幸吉、雲海坊、由松、勇次は、酒を飲み料理を食べた。

「太市、腹が減ったであろう。お前も一杯やって料理を食べるが良い」

久蔵は、太市に笑顔で告げた。

「さあ、太市……」

和馬は、太市に猪口《ちよこ》を持たせて酌をした。

「ありがとうございます」

太市は酒を飲み、料理を食べた。

おまきやお糸も加わり、座は楽しく賑わった。

「旦那さま……」

香織がやって来て久蔵に何事かを囁いた。

「熊本藩の方が……」

久蔵は眉をひそめた。

「はい」

「よし、後を頼む」

久蔵は、香織に後を頼んだ。

「心得ました」

「皆、客が来たようだ。遠慮無くやっていてくれ。太市、一緒に参れ」

久蔵は、和馬と弥平次たちに告げ、太市を伴って式台脇の座敷に向かった。

太市は、戸惑った面持ちで久蔵に続いた。

「さあ、和馬さん、親分さん、どうぞ……」

香織は、和馬と弥平次たちを持てなした。

式台脇の座敷には、初老の武士が角樽《つのだる》と風呂敷包みを持った若侍を従えていた。

「これは、お待たせ致した。拙者《せっしゃ》、秋山久蔵です」

「秋山どのですか、拙者、熊本藩江戸下屋敷の留守居頭片岡清左衛門《かたおかせいざえもん》にございます。して、そちらが……」

「如何《いか》にも。当家の奉公人の太市です」

「太市にございます」

太市は、緊張した面持ちで平伏した。

「左様ですか。此の度は我が細川家の御隠居春斎さまが難儀のおり、太市どのにいかいお世話になり、助かったと喜んでおります」

「片岡どの、お尋ね致すが、細川家の御隠居の春斎さまとは……」

久蔵は眉をひそめた。

「はい。藩主宗利《むねとし》公がお父上の宣矩《のぶのり》さまにございます」

「ならば、御隠居の春斎さまとは、前の熊本藩藩主の細川宣矩さまにござるか……」

「左様にございます」

「じゃあ、前のお殿さま……」

太市は驚いた。

「如何にも……」

片岡は頷いた。

「じゃあ旦那さま。私は熊本藩の前のお殿さまを負んぶしたんですか……」

太市は戸惑った。

「そう云う事になるな」

久蔵は笑った。

「そんな……」

太市は呆然とした。

「今日、御隠居さまは我ら家臣の隙を突いてお一人で飯倉神明《いいくらしんめい》に初詣に行きましてな。その帰りに心の臓が苦しくなられたとか……」

「片岡どの、春斎さまの心の臓の病は、持病ですか……」

「はい」

「ならば、薬を持ち歩いているかと……」

「左様。印籠に入れ、常に持ち歩いているのですが、今日、その印籠を飯倉神明の境内の人混みで無くしてしまったとか……」

「そうでしたか……」

細川春斎は、持病の心の臓の薬を無くした為、弾正橋で発作に襲われて苦しんだのだ。

「それで御隠居さま、心の臓の方は……」

太市は心配した。

「急ぎ道三河岸《どうさんがし》の上屋敷から駆け付けた藩医が診察した限りでは、産婆のお鈴先生に戴いた薬が効いたようだと申されましてな。太市どのとお鈴先生、それに破魔矢を拾ってくれた御子息の秋山大助どのにと……」

片岡は、控えている若侍に目配せをした。

「はっ……」

若侍は、風呂敷包みを解いて重々しい造りの短刀を片岡に差し出した。

「これは春斎さまが国許の刀工に打たせた家紋入りの短刀。太市どのに礼の印だと……」

片岡は、柄頭《つかがしら》に細川九曜《くよう》の家紋を彫った重々しい造りの短刀を太市に差し出した。

太市は、戸惑いを浮かべて久蔵を窺った。

「太市、春斎さまの過分なお志、ありがたく受け取るが良い」

久蔵は微笑んだ。

「はい。ありがとうございます」

太市は、片岡から短刀を受け取った。

「で、この螺鈿《らでん》の文箱《ふばこ》はお鈴先生に……」

片岡は、螺鈿の美しい文箱を差し出した。

「そして、これは大助どのに……」

片岡は、二尺四方の鎧櫃《よろいびつ》の蓋《ふた》を取り、精巧に出来た家紋入りの鎧兜《かぶと》の置物を取り出した。

「ほう、見事な物ですな」

「はい。細川一族の男子に贈られる物にございます。どうか、お納め下され」

「左様ですか。ならば遠慮なく……」

久蔵は受け取った。

「して、これは秋山どのへの春斎の礼にございます」

片岡は、久蔵に角樽を差し出した。

「ほう。私にもですか……」

久蔵は戸惑った。

「はい。大助どのや太市どのへの躾《しつけ》と薫陶。中々のものだと甚《いた》く感心されましてな」

「それは買い被りと云うものだが、春斎さまのお志、ありがたく戴きます」

久蔵は礼を述べた。

「忝い。御来客中の急な訪問、お許し下され。ではこれにて……」

片岡は、久蔵に別れを告げた。

「過分なお心遣い。春斎さまに呉々も宜しくお伝え下さい」

久蔵は、太市を促して頭を下げた。

片岡清左衛門は、お供の若侍を従えて秋山屋敷を辞した。

久蔵と太市は見送り、和馬や弥平次たちとの新年の宴に戻った。

二

三箇日が過ぎた。

久蔵は、太市を従えて南町奉行所に向かった。

空に凧《たこ》が舞い、町は未だ正月気分だ。

久蔵は、楓川に架かっている弾正橋に差し掛かった時、不意に足を止めた。

太市は、戸惑いながら久蔵の視線の先を追った。

久蔵の視線の先には、弾正橋を渡って来る羽織を着た商人風の中年男がいた。

「旦那さま……」

「あの面、確か掏摸《すり》の万造《まんぞう》だ」

久蔵は、羽織を着た商人風の中年男が掏摸の万造だと気付いた。

掏摸の万造は、弾正橋を渡って楓川沿いの道を北に向かった。

「追いますか……」

「うむ。俺も行くぜ」

久蔵と太市は、掏摸の万造を追った。

掏摸の万造は、楓川に架かる松幡橋《まつばばし》の東詰を通り、伊勢国桑名藩江戸上屋敷の前を抜けて尚も進んだ。

久蔵と太市は追った。

掏摸の万造は、肥後国熊本藩江戸下屋敷の前に立ち止まった。

「旦那さま、熊本藩の江戸下屋敷です」

太市は、微かな戸惑いを浮かべた。

「うむ……」

久蔵は見守った。

掏摸の万造は、熊本藩江戸下屋敷の裏門に廻り、門扉《もんぴ》を叩いた。そして、顔を出した中間《ちゅうげん》に何事かを告げ、屋敷内に招き入れられた。

「万造の奴、何の用があって来たのですかね」

太市は眉をひそめた。

「太市、万造が出て来たら追って行き先を突き止めろ。俺は何しに来たか片岡どのに訊いてみる」

「はい……」

太市は頷いた。

久蔵は、太市を裏門に残して表門に急いだ。

久蔵は、取次の家来に身分を明かし、留守居頭の片岡清左衛門に急ぎ面会を求めた。

「これは秋山どの……」

片岡清左衛門は直ぐに現れた。

「片岡どの、挨拶は後です。今、裏門から訪れた町方の者は何用で参ったのですか……」

「えっ……」

片岡は戸惑った。

「裏門から訪れた町方の者です」

「ああ。あの者は、御隠居さまが無くされた印籠を届けに来てくれましてな」

「春斎さまの無くされた印籠……」

「左様……」

片岡は頷いた。

「その印籠、春斎さまの印籠に間違いありませんか……」

「ええ。細川九曜の家紋の描かれた黒漆塗りの印籠、飯倉神明の境内で拾ったと申していますので、先ず間違いないものかと……」

「拾った……」

久蔵は眉をひそめた。

「秋山どの、それが何か……」

片岡は、怪訝な面持ちで久蔵を見詰めた。

「して、印籠を届けた者は……」

「御隠居さま近習《きんじゅ》の者から礼の品を貰い、帰った筈ですが……」

帰ったなら太市が追った筈だ……。

「そうですか……」

「秋山どの……」

片岡は、微かな不安を過ぎらせた。

「片岡どの、あの者は万造と云う掏摸です」

「掏摸……」

片岡は驚いた。

「左様。飯倉神明の境内で拾ったなどと云うのは偽り、おそらく春斎さまから掏摸盗ったのでしょう」

久蔵は読んだ。

「掏摸盗った……」

「左様……」

「では、その万造なる掏摸が掏摸盗った印籠を返しに来たと申されますか……」

片岡は眉をひそめた。

「如何にも。そして、細川家の家紋入りの漆塗りの印籠なら故買屋にもそれなりの値で売れる筈。それを売らずに返しに来た狙いは何か……」

久蔵は、厳しさを滲《にじ》ませた。

「秋山どの、まさか何者かが御隠居さまを……」

片岡は困惑した。

「左様。細川九曜の家紋の印籠は細川家一族の者が持つ物。それを拾ったとなれば先ずは、道三河岸の江戸上屋敷に届ける筈。しかし、万造は持ち主である春斎さまのおられる江戸下屋敷に届けた。それは、何もかも知っての事と睨《にら》んで間違いないかと……」

「秋山どの、印籠は未だ御隠居さまの許には戻ってはおらぬ筈。検《あらた》めてくれませぬか……」

片岡は、久蔵の睨みに厳しい面持ちで頷いた。

「宜しければ……」

久蔵は頷いた。


熊本藩江戸下屋敷の前の楓川には、新場橋《しんばばし》が架かっている。

掏摸の万造は、新場橋を渡って日本橋の通りに向かった。

太市は、物陰から現れて慎重に尾行を開始した。


細川九曜の家紋は、黒い漆の地に金箔で描かれていた。

印籠の根付を結んでいた細い組紐は、既に無くなっていた。

「紐が切れて落とされたのかな……」

「いや。おそらく万造が剃刀《かみそり》で紐を切り、印籠を掏摸盗ったのです」

「もしそうだとしたなら、どうして返して来たのかですな」

「左様。中を検めます」

久蔵は懐紙を広げ、印籠の中の物を出した。

切り傷の塗り薬、熱冷ましと胃腸の粉薬。そして、紙に包まれた銀色の小さな丸薬が出て来た。

「ああ。それが御隠居さまの心の臓の薬です」

「これが……」

久蔵は、銀色の小さな丸薬を見詰めた。

銀色の小さな丸薬は、懐紙の上を転がって輝いた。

「切り傷、熱冷まし、胃腸の薬は余り使われていないようですな」

「はい。御隠居さまが使われるのは、おそらく急な発作の時の心の臓の薬ぐらいですかな」

片岡は告げた。

「何《いず》れにしろ片岡どの。印籠の中の薬をすべて預かって検めます。新しい薬と取り替えられるが良い」

「秋山どの、と申されますと、掏摸の万造が御隠居さまのお命を狙っていると……」

片岡は、満面に緊張を浮かべた。

「分かりません。だが、万一そう云う事となれば、万造の背後には、何者かが潜んでいるものかと……」

久蔵は睨んだ。

「何者かが潜んでいる……」

片岡は眉をひそめた。

「とにかく此の薬を詳しく検めてみます」

久蔵は、印籠から取り出した薬を懐紙に包んで懐の奥に入れた。


神田明神は、三箇日が過ぎても初詣の客で賑わっていた。

「さあさあ寄ったり見たり、吹いたり、評判の玉やあ玉やあ……」

由松は、鳥居の傍で口上を述べてはしゃぼん玉を吹き、売っていた。

しゃぼん玉は人混みの上を舞い飛んだ。

子供たちは、舞い飛ぶしゃぼん玉に向かって手をあげて飛び跳ねた。

由松は、しゃぼん玉を吹きながら人混みをやって来る掏摸の万造に気が付いた。

掏摸の万造……。

由松は、しゃぼん玉を吹く手で顔を隠しながら万造を見守った。

境内の人混みで一働きするつもりか……。

由松は、万造の動きを読んだ。
万造は、境内に入らず鳥居の前を通り過ぎて行った。
野郎、何処に行くんだ……。
由松は、戸惑いながら万造を見送った。
万造の背後に太市が現れた。
太市……。
由松は、万造の後を行く太市に気付いた。
太市は万造を尾行《つけ》ている……。
由松は、慌ててしゃぼん玉売りの道具を片付けた。

万造は、神田明神の鳥居の前を通って門前町の外れに進んだ。
太市は追った。
万造は、門前町の外れの裏通りに入った。
門前町の外れの裏通りには、神田明神境内の賑わいが僅かに届いていた。
万造は、周囲を窺って素早く板塀に囲まれた仕舞屋《しもたや》に入った。
太市は、物陰で見届けて吐息を洩らした。

「掏摸の万造、どうかしたのか……」

由松が現れた。

「由松さん……」

太市は、由松の顔を見て思わず安堵《あんど》した。

「尾行て来たんだろう」

由松は、板塀で囲まれた仕舞屋を示した。

「はい。旦那さまの言い付けです」

「手伝うか……」

「お願いします」

「よし。じゃあこの仕舞屋、誰が住んでいるのか自身番で聞いて来るぜ」

由松は、太市を残して自身番に向かった。

板塀に囲まれた仕舞屋は人の出入りもなく、静まり返っていた。

太市は見張った。

南町奉行所に出仕した久蔵は、居合わせた和馬を用部屋に呼んだ。

「お呼びですか……」

和馬は、久蔵の用部屋に現れた。

「うむ。この薬を養生所の小川良哲《おがわりようてつ》先生の処に持って行き、どのような物か調べて貰って来てくれ」

久蔵は、細川春斎の印籠に入っていた薬を和馬に渡した。

「良哲先生ですか……」

「ああ……」

小石川養生所の肝煎《きもいり》小川良哲は、長崎で蘭方を学んだ江戸でも指折りの本道医だった。

「分かりました。直ぐに行って来ます」

和馬は、久蔵に渡された薬を懐に入れて用部屋を後にした。

もし、印籠に入っていた心の臓の薬が毒薬なら、細川春斎は何者かに命を狙われている事になる。

春斎が心の臓の発作を起こし、印籠の中の薬を飲む。だが、それは毒薬であり、心の臓の発作に効く筈もなく春斎は死に至る。そして、その死はおそらく心の臓の発作によるものとされるのだ。

もしそうだとしたなら、春斎の持病を利用した実に巧妙な毒殺と云える。

久蔵は読んだ。

だが、心の臓に持病を持っている隠居の春斎にどうして毒を盛るのか……。

春斎の死は、放って置いても遠くはない筈だ。

それなのに何故……。

久蔵は、冷徹に事態を読み続けた。


神田明神の空には、幾つかの凧が長閑《のどか》に浮かんでいた。

太市は、板塀に囲まれた仕舞屋を見張り続けた。

仕舞屋に変わりはなかった。

「どうだ……」

由松は、しゃぼん玉売りの道具を木戸番に預け、身軽になってやって来た。

「万造、入ったままです」

「そうか……」

「で、誰の家か分かりましたか……」

「うん。自身番で聞いたんだがな。此の家の主は、幸兵衛《こうべえ》と云って骨董屋《こっとうや》だそうだぜ」

「骨董屋……」

「ああ。ま、骨董屋と云っても店を構えているんじゃあなく、出物を見付けては好事家《こうずか》に持ち込み、高値で転売するって奴だ」

「へえ……」

「で、幸兵衛、歳は五十二。白髪混じりの狸面《たぬきづら》の親父で、大年増の女房と二人暮らしだそうだ」

由松は、自身番で聞いて来た事を太市に教えた。

「そうですか、助かりました」

太市は、由松に頭を下げた。

「なあに、どうって事はねえ。で、良けりゃあ俺が万造を見張るから、秋山さまの処に一っ走りしちゃあどうだい」

「お願い出来ますか……」

「ああ」

由松は頷いた。

風邪引き、暴飲暴食での胃腸の病、酔って転んでの怪我……。

小石川養生所は、三箇日も過ぎて診療が再開されるのを待ち兼ねた患者で溢れていた。

和馬は、養生所肝煎で本道医の小川良哲を訪れ、久蔵に渡された薬を検めるように頼んだ。

良哲は、患者の診察の合間に薬を検めてくれた。

「で、如何ですか……」

「うん。切り傷や胃腸の薬に妙な処はないが、心の臓の薬、こいつは大変な代物だよ」

良哲は、厳しい面持ちで告げた。

「大変な代物、何ですか……」

和馬は眉をひそめた。

「烏頭《うず》だ」

「烏頭……」

和馬は緊張した。

〝烏頭〟とは、金鳳花《きんぽうげ》科の多年草である鳥兜《とりかぶと》の根を乾かしたもので〝附子《ぶし》〟とも呼ばれる猛毒である。

「うん。こんな物を飲めば、どんな豪傑でも一溜りもないな」

「そうですか。いや、御造作をお掛けしました」

和馬は、良哲に礼を述べて小石川養生所を出た。


仕舞屋を囲む板塀の木戸が開いた。

由松は、物陰から見守った。

万造と白髪混じりの髪の男が、板塀の木戸から出て来た。

五十歳ぐらいの狸面の親父……。

由松は、白髪混じりの髪の男を骨董屋の幸兵衛だと睨んだ。

万造と幸兵衛は、神田明神門前町の外れから妻恋町《つまこいちょう》に向かった。

由松は追った。


久蔵は、用部屋の濡縁《ぬれえん》に出た。

庭先に太市が控えていた。

「御苦労だったな。で、掏摸の万造、何処に行った」

「神田明神門前町の外れにある骨董屋の幸兵衛の家に……」

「はい。私が離れる時、万造は未だ幸兵衛の家に入ったままでした。それで引き続き由松さんが見張ってくれています」

「骨董屋の幸兵衛……」

「ほう。由松と逢ったのか……」

「はい。由松さん、神田明神の前で商いをしていたそうでして……」

「万造を尾行るお前を見て、助っ人してくれたか……」

「はい。万造が入った家が骨董屋の幸兵衛の住まいだと突き止めてくれました」

「そいつは良かったな。よし、一息入れて屋敷に戻ってくれ」

「承知しました。じゃあ……」

太市は、久蔵に一礼して庭先から立ち去った。

「秋山さま……」

和馬は、足音を鳴らして勢い込んでやって来た。

「おう。分かったようだな」

久蔵は苦笑し、用部屋に入った。

和馬は続いた。

「して、どうだった」

久蔵は、和馬に手焙《てあぶ》りを勧めた。

「はい。良哲先生の見立てによれば、切り傷や胃腸の薬に不審はないそうですが……」

「心の臓の薬は毒薬だったか……」

「は、はい。烏頭だそうです」

和馬は戸惑った。

「烏頭か……」

「秋山さま、何故に心の臓の薬が毒だと……」

和馬は、久蔵に怪訝な眼を向けた。

「そいつは、お前の勢い込んだ様子を見れば分かるさ」

久蔵は苦笑した。

「えっ……」

和馬は、己の身体を見廻した。

「そうか。やはり毒だったか……」

久蔵は、肥後国熊本藩細川家隠居の細川春斎が命を狙われているのを知った。

三

不忍池《しのばずのいけ》には冷たい風が吹き抜け、畔《ほとり》を散策する人は少なかった。
骨董屋の幸兵衛と掏摸の万造は、不忍池の畔の料理屋『梅川《うめかわ》』に入った。
由松は見届けた。
幸兵衛と万造は、誰かと逢う為に料理屋の『梅川』に来たのだ。
由松は読んだ。
相手は誰なのか……。
由松は、見定める手立てを考えた。
料理屋『梅川』から、下足番の老爺が出て来て掃除を始めた。
由松は、掃除を始めた下足番の老爺に駆け寄った。
「父っつぁん、ちょいと訊きたい事があるんだけどな」
由松は、老爺に声を掛けながら素早く小粒を握らせた。
「あ、兄い……」
老爺は戸惑った。

「あっしは柳橋の弥平次の身内でしてね」

「ああ、柳橋の親分さんの……」

老爺は、岡っ引の柳橋の弥平次の名を知っていた。

「さっき、骨董屋の幸兵衛さんが来ただろう」

「へい……」

老爺は、小粒を握り締めた。

「誰と逢っているのかな……」

「いえ。未だ相手のお侍さまはお見えになっておりませんが……」

「侍……」

「へい。岡崎《おかざき》さまと仰《おっしゃ》る方がお見えになる筈だと……」

「岡崎……」

幸兵衛と万造は、料理屋『梅川』で岡崎と云う侍と逢うのだ。

どう云う侍なのか……。

「父っつぁん、すまねえが、その岡崎って侍が来たら教えちゃあくれねえかな」

由松は頼んだ。

「お安い御用ですぜ」

老爺は、歯のない口元を綻《ほころ》ばせて頷いた。

不忍池に西陽が差し込んだ。


肥後国熊本藩細川家の隠居春斎は、五年前に家督を嫡男宗利に譲り、道三河岸傍の熊本藩江戸上屋敷を出て八丁堀の下屋敷で気儘《きまま》に暮らしていた。

春斎は、隠居する前の名を宣矩と称し、政《まつりごと》に熱心で世情にも通じた賢君とされていた。

久蔵は、太市やお鈴、そして大助への接し方から春斎の人柄を推し測った。

奢《おご》りや昂ぶりのない、穏やかな人柄……。

そんな春斎に、何者かが毒を盛ろうとしているのだ。

何故だ……。

久蔵は読んだ。

春斎は、何者かに恨みを買っているのかもしれないし、邪魔にされているのかもしれない。そして、肥後国熊本藩では何か秘かに揉めているかもしれない。

久蔵は読み続けた。だが、読みは読みに過ぎない。

先ずは、熊本藩江戸下屋敷の留守居頭の片岡清左衛門に尋ねるしかないのだ。

久蔵は、南町奉行所を出て熊本藩江戸下屋敷に向かった。

羽織袴の中年武士が、不忍池の畔をやって来た。

由松は、料理屋『梅川』の前の雑木林から見守った。

羽織袴の中年武士は、由松の潜んでいる雑木林の前を通って料理屋『梅川』の暖簾《のれん》を潜った。

僅かな時が過ぎ、下足番の老爺が出て来て門松を整えて戻った。

岡崎……。

羽織袴の中年武士は、骨董屋の幸兵衛と掏摸の万造が逢う相手の岡崎なのだ。

何者なのだ……。

由松は、岡崎の素性を摑《つか》む為、雑木林に潜んで出て来るのを待った。

書院の障子は夕陽に染まった。

熊本藩江戸下屋敷留守居頭の片岡清左衛門は、訪れた久蔵を書院に迎えて手焙りを勧めた。

「忝い……」

久蔵は礼を述べた。

家来は、燭台《しょくだい》に明かりを灯して立ち去った。

「して秋山どの、薬は如何でした」

片岡は、身を乗り出して声を潜めた。

「心の臓の薬、鳥頭でした」

久蔵は、小さな銀色の丸薬を見せた。

「鳥頭……」

片岡は、言葉を飲んで小さな銀色の丸薬を見詰めた。

「左様……」

「間違いござらぬか……」

片岡は、深刻な面持ちで念を押した。

「うむ」

久蔵は頷いた。

「そうですか、鳥頭ですか……」

片岡は、吐息を洩らした。

「御隠居の春斎さまに心の臓の発作が起こり、慌てて印籠の心の臓の薬を飲む。

春斎さまは一溜りもなく。そして、人々は心の臓の発作でお亡くなりになったと思い込む……」

久蔵は読んだ。

「うむ……」

片岡は思わず頷いた。

「中々巧妙な企みですな」

久蔵は苦笑した。

「お、おのれ……」

片岡は、久蔵の読みに怒りを滲ませた。

「掏摸の万造は、何者かに頼まれて春斎さまの印籠を掏摸盗り、心の臓の薬を烏頭に代えて戻した。片岡どの、企んだ者に心当たりはありませんか……」

「企んだ者の心当たりですか……」

「左様。春斎さまを恨んでいる者。邪魔にしている者……」

「御隠居さまを恨んでいる者など、家中にはおりませぬ」

片岡は否定した。

「まことですかな……」

久蔵は、片岡を見据えた。

「はい」

片岡は、勢い込んで頷いた。

「ならば、御家中に何か揉め事でも……」

久蔵は、片岡の反応を見定めようとした。

「我が藩に揉め事……」

片岡は、戸惑いに眼を瞠《みは》った。

「左様……」

「ない。我が藩に限って揉め事など決してありませんぞ」

片岡は、力を込めて否定した。

「ありませんか……」

片岡の否定に嘘はない。だが、家中のすべてを知っている筈はないのだ。片岡の知らぬ処で事は進んでいるのかもしれない。

久蔵は睨んだ。

「秋山どの、それは掏摸の万造を捕らえ、厳しく責めれば分かる事ではござらぬか……」

片岡は眉をひそめた。

「左様。既に掏摸の万造の動きは見張っていますよ」

「流石《さすが》は剃刀久蔵どの。余計な事を申したようですな。お許し下さい」

「いいえ……」

剃刀久蔵……。

久蔵は、片岡が自分についてそれなりに調べたのに気付いた。

書院の前の廊下に人が来た。

「片岡さま……」

襖《ふすま》の外から家臣が呼び掛けた。

「何用だ」

片岡は、微かな苛立《いらだ》ちを過ぎらせた。

「はい。御隠居さまがお見えにございます」

「何……」

片岡は戸惑った。

襖が開けられ、袖無し羽織を着た小さな白髪髷の老爺が入って来た。

「ご、御隠居さま……」

片岡は狼狽《うろた》えた。

老爺は、肥後国熊本藩の前の藩主で隠居の細川春斎だった。

「落ち着け、清左衛門……」

「は、はい……」

「やあ。世間の悪党が恐れている剃刀久蔵が参っていると聞いてな。おぬしが秋山久蔵どのか……」

春斎は、久蔵に笑い掛けた。

「はい。南町奉行所吟味方与力《ぎんみかたよりき》秋山久蔵にございます」

久蔵は平伏した。

「儂《わし》は隠居。当家の隠居の春斎。最早、堅苦しい挨拶は無用。面《おもて》をおあげ下され」

「はい……」

「過日はおぬしの屋敷の太市や大助、お鈴先生にいかい世話になった。改めて礼を申すぞ」

春斎は、小さな白髪髷の頭を下げた。

「畏れいります。こちらこそ過分な品々を戴き、忝のうございました」

久蔵は礼を述べた。

「いや、礼には及ばぬ。喜んで貰えれば何よりだ」

春斎は、拘《こだわ》り無く笑った。

「恐縮です」

「して清左衛門、印籠の中の薬、如何であったのだ」

「はい。それが、心の臓の薬、烏頭にすり替えられておりました」

片岡は、厳しい面持ちで告げた。

「ほう、烏頭か。やはりな……」

春斎は、白髪眉をひそめた。

「畏れながら春斎さま、毒を盛られる心当たりはございませんか……」

久蔵は、厳しい面持ちで率直に尋ねた。

「あ、秋山どの……」

片岡は慌てた。

「清左衛門……」

春斎は、苦笑しながら制した。

「はい……」

「狙われた者に心当たりがないか訊くのは当たり前の事。静かにしていろ」

春斎は、片岡を窘めた。

「は、はい……」

「毒を盛られる心当たりか……」

「はい」

久蔵は、春斎を見詰めて頷いた。

「儂は既に藩の政や家中の仕置から身を退《ひ》いた只の隠居。殺される覚えはないな」

春斎は、久蔵を見返した。

「左様ですか……」

「だが、儂に覚えはなくても、向こうには毒を盛ろうとする理由が立派にあるのだろう」

春斎は読んだ。

「おそらく。春斎さまには取るに足らない事でも、向こうにとっては致命的な事を知られたと恐れての所業……」

「うむ。儂が見たり、知ったりした事に拘《かか》わりがあるか……」

「はい」

「御隠居さま。日頃、お供も連れずにふらふらと出歩き、何処かで余計な事を見てしまったのかも知れませぬぞ」

片岡は、春斎を恨めしげに見た。

「清左衛門、今更ぐずぐず申すな。そのほう歳の所為《せい》か愚痴が多くなったな」

春斎は笑った。

「春斎さま……」

「うむ。久蔵、おぬしの睨み通り、おそらく儂は何かを見たのだろう。急ぎ出歩いた処を思い出し、何があったか吟味してみよう」

春斎は告げた。

「はい」

久蔵は頷いた。

夜風は雑木林を冷たく震わせた。

料理屋『梅川』の暖簾は揺れ、軒行燈《のきあんどん》の火は瞬いた。

由松は、雑木林から見張り続けていた。

一刻（二時間）近くが過ぎた時、料理屋『梅川』から岡崎が女将《おかみ》や下足番の老爺に見送られて出て来た。

漸《ようや》くお帰りだ……。

岡崎は、不忍池の畔から明神下の通りに向かった。

由松は追った。

岡崎は、明神下の通りから神田川に架かる昌平橋《しょうへいばし》を渡り、八ッ小路から備後国《びんごのくに》福山藩江戸上屋敷と丹波国篠山藩《たんばのくにささやまはん》江戸上屋敷の間の通りを進み、神田橋御門前に出た。そして、神田橋御門を渡り、御曲輪内《おくるわない》大名小路に進んだ。

何処の大名屋敷に行くのだ……。

由松は、緊張した面持ちで尾行た。

岡崎は、尾行を警戒する気配も見せずに進んだ。

由松は追った。

岡崎は、道三堀を渡って或る大名屋敷に入った。

由松は見届けた。

何様の大名屋敷だ……。

由松は、四半刻《しはんとき》(三十分)近く大名屋敷を見張った。

岡崎は出て来なかった。

おそらく、岡崎はこの大名家の家来であり、大名屋敷の侍長屋に住んでいる……。

由松は見定め、見張りを解いた。

道三堀の緩い流れには、冬の月が蒼白く映えていた。


本所に辻斬りが現れ、南町奉行所の正月気分は一掃された。

柳橋の弥平次は、由松を伴って久蔵を訪れた。

久蔵は、弥平次と由松を用部屋に招いた。

「由松、太市の助っ人をしてくれたそうだな。礼を云うぜ」

「いいえ、どうって事はありません」

「由松、それで掏摸の万造を見張った首尾を秋山さまに……」

弥平次は促した。

「うむ。聞かせて貰おう」

「はい。万造の野郎、あれから骨董屋の幸兵衛と不忍池の畔の梅川って料理屋に行きましてね。岡崎って侍と逢いました」

「岡崎……」

久蔵は眉をひそめた。

「はい。それで、岡崎を追いました」

「うむ。で……」

久蔵は、由松を促した。

「岡崎は、御曲輪内の大名小路にある大名屋敷に……」

由松は、厳しい面持ちで久蔵を見詰めた。

御曲輪内の大名小路……。

「熊本藩江戸上屋敷か……」

久蔵は読んだ。

「はい。由松に大名屋敷の場所を聞いて切絵図を調べた処、熊本藩の江戸上屋敷でしたが、秋山さま……」

弥平次は、久蔵が岡崎の入った大名屋敷が熊本藩江戸上屋敷だと読んだのが気になった。

「うむ。実はな……」

久蔵は、熊本藩細川家隠居の印籠が掏摸の万造に盗まれ、心の臓の薬が毒の鳥頭にすり替えられていた事を告げた。

「そして、掏摸の万造は熊本藩の家来の岡崎と繋《つな》がっていましたか……」

弥平次は眉をひそめた。

「そう云う事だ……」

久蔵は頷いた。

「分かりました。既に骨董屋の幸兵衛には幸吉が雲海坊や勇次と張り付き、掏摸の万造を探していますが、面倒なのは岡崎でしてね」

御曲輪内の大名小路には大名たちの江戸上屋敷が連なり、辻番の番士も煩《うるさ》くて見張るのには難しい処だった。

「よし。岡崎って家来は俺が何とかする」

久蔵は、小さな笑みを浮かべた。

神田明神門前町の仕舞屋は、幸吉と勇次の監視下に置かれていた。

骨董屋の幸兵衛は、仕舞屋から出掛けずに引き込んだままだった。

神田明神から雲海坊がやって来た。

「幸吉っつぁん、勇次。万造の野郎が来るぜ」

雲海坊は、背後を示した。

幸吉と勇次は、雲海坊の背後を窺った。

雲海坊は、神田明神境内に掏摸の万造を捜しに行っていたのだ。

掏摸の万造は、軽い足取りでやって来て幸兵衛の仕舞屋に入って行った。

「万造の野郎、神田明神の境内で一働きしたのかもしれねえ」

雲海坊は睨んだ。

「ああ……」

幸吉は、厳しい面持ちで頷いた。

「幸吉の兄貴、幸兵衛の野郎、只の骨董屋じゃあないようですね」

勇次は眉をひそめた。

「ああ。おそらく裏で故買屋もやってんだろうぜ」

幸吉は吐き棄てた。

「幸吉っつぁん……」

雲海坊は、一方を見ながら緊張した声音で幸吉を呼んだ。

「なんだい……」

「妙な浪人が来るぜ」

雲海坊は、連なる家並みを見上げながら来る肥った浪人を示した。

幸吉、雲海坊、勇次は、物陰に潜んで肥った浪人を見守った。

肥った浪人は、幸兵衛の仕舞屋の前に立ち止まった。そして、仕舞屋の様子を窺った。

「何だ、あの浪人……」

幸吉は眉をひそめた。

肥った浪人は、不意に踵《きびす》を返して路地に潜んだ。

幸吉、雲海坊、勇次は緊張した。

万造と幸兵衛が、仕舞屋から出て来た。

出掛ける……。

幸吉、雲海坊、勇次は、路地に潜んだ肥った浪人の出方を窺った。

万造と幸兵衛は、神田明神に向かった。

肥った浪人は、路地を出て万造と幸兵衛を追った。

「幸吉っつぁん……」

「うん。先ずは俺が尾行る。勇次は横から万造と幸兵衛を尾行ろ」

「承知……」

勇次は、肥った浪人の斜め後ろから万造と幸兵衛を追った。

「雲海坊、後を頼む」

「うん」

雲海坊は頷いた。

幸吉は、肥った浪人を追った。

雲海坊は、饅頭笠《まんじゆうがさ》を目深に被り、幸吉や勇次といつでも交代出来る態勢で後に続いた。

神田川の流れは煌《きら》めいていた。

明神下の通りに出た万造と幸兵衛は、神田川に架かる昌平橋を渡った。

勇次は、昌平橋の袂《たもと》に立ち止まった。

肥った浪人が追い、幸吉が勇次に小さく頷いて続いて行った。

雲海坊が駆け寄って来た。

「よし。交代するぜ」

「お願いします」

雲海坊は、足早に勇次の横を擦《す》り抜けて行った。

勇次は追った。

四

「岡崎ですと……」

片岡清左衛門は眉をひそめた。

「左様。江戸上屋敷におりますな」

久蔵は頷いた。

「う、うむ。秋山どの、岡崎が掏摸の万造と拘わりがあると申されるか……」

「ええ。昨夜、骨董屋の幸兵衛と三人で不忍池の料理屋で逢ったとか……」

「おのれ、岡崎敬之助《けいのすけ》……」

片岡は、怒りに声を震わせた。

「岡崎敬之助、どのような者ですか……」

久蔵は尋ねた。

「うむ。勘定方《かんじょうがた》の者でしてな。拙者も良く知らぬのだが、余り算盤《そろばん》も使えぬ奴だと家中でも噂の奴です」

片岡は切り捨てた。

「算盤の使えぬ勘定方ですか……」

久蔵は眉をひそめた。

「うむ」

「勘定奉行はどのような方です」

「沢井蔵人《さわいくらんど》と申す生真面目《きまじめ》で慎重な男ですよ」

「生真面目で慎重な男ですか……」

「ええ。ま、その沢井どのが使っている岡崎です。何か取柄《とりえ》があるのだろうと思うが。何れにしろ秋山どの、拙者、これから上屋敷に参り、岡崎を捕り押さえます。宜しければ御同道願えますか……」

「早まってはなりませんぞ。片岡どの……」

「早まる……」

久蔵は苦笑した。

片岡は戸惑った。

「如何にも。春斎さまに烏頭を盛ろうとしたのは岡崎敬之助の一存なのか、それとも岡崎の背後に何者かが潜んでいるのか、先ずはそいつを見定めてからです」

「成る程。して、どうしますかな」

片岡は、久蔵を窺った。

「私の手の者を上屋敷に潜り込ませ、岡崎敬之助を見張らせる。手立てはありますかな」

「それはもう、拙者が口を利けば如何様《いかよう》にでも出来ますぞ」

片岡は、微かな自慢を覗かせた。

「ならば、手の者が表門脇の腰掛けで待っておりますので今直ぐに……」

久蔵は微笑んだ。

柳原通《やなぎわらどお》りは、筋違《すじかい》御門から浅草御門迄の神田川沿いの道を云う。

骨董屋の幸兵衛と掏摸の万造は、柳原通りを浅草御門に向かった。

肥った浪人は、幸兵衛と万造を尾行た。

幸吉と雲海坊、そして勇次は追った。

幸兵衛と万造は、柳原通りと神田川の間にある柳森神社の境内に入った。

柳森神社の境内は、初詣の参拝客で賑わっていた。

肥った浪人は、幸兵衛と万造が柳森神社に入ったのを見定め、賑わっている境内の奥に急いだ。

幸兵衛と万造は雲海坊が見張り、幸吉は肥った浪人を追った。

幸兵衛と万造は、茶店の縁台に腰掛けて茶を飲み始めた。

雲海坊は見張った。

「万造、一働きするんですかね」

勇次が、雲海坊の隣りに来た。

「さあな。それより肥った浪人が何を企んでいるかだぜ」

痩せた浪人が茶店に近付き、幸兵衛と万造に声を掛けて境内の奥に誘《いざな》った。

幸兵衛と万造は続いた。

雲海坊と勇次は追った。


境内の奥の雑木林には、初詣客の賑わいが僅かに届いていた。

幸兵衛と万造は、痩せた浪人に誘われて雑木林にやって来た。

木立の陰から三人の浪人が現れ、幸兵衛と万造を取り囲んだ。

浪人の中には、幸兵衛と万造を尾行て来た肥った浪人もいた。

「何だ、手前ら……」

幸兵衛は、頬を引き攣らせて怒鳴った。

四人の浪人たちは、嘲笑《ちょうしょう》を浮かべて刀を抜き、囲みを縮めた。

「お、親方……」

万造は、恐怖に震えて幸兵衛に縋《すが》った。

「野郎、岡崎に頼まれたか……」

幸兵衛は喚《わめ》いた。

次の瞬間、肥った浪人が幸兵衛に斬り掛かった。

幸兵衛は、咄嗟に万造を盾にした。

万造は肩口を斬られ、血を飛ばして倒れた。

痩せた浪人たちは、白刃《はくじん》を閃《ひらめ》かせて幸兵衛に殺到した。

刹那《せつな》、呼子笛《よびこぶえ》が甲高く鳴り響いた。

四人の浪人たちは怯《ひる》んだ。

「人殺し。人殺しだ」

幸吉、雲海坊、勇次が大声で騒ぎ立てながら飛び出した。

「人殺しだと……」

初詣客の声が境内からあがった。

「退《ひ》け」

四人の浪人たちは、雑木林の奥に逃げ散った。

勇次は、肥った浪人を追った。

幸兵衛は、その場に座り込んで息を荒く鳴らした。

幸吉と雲海坊は、幸兵衛と万造に駆け寄った。

「幸兵衛、大番屋に来て貰うぜ」

幸吉は、幸兵衛に縄を打った。

「わ、私は襲われたんだ」

幸兵衛は狼狽えた。

「煩せえ。神妙にしろ」

幸吉は、幸兵衛に十手を突き付けた。

雲海坊は、倒れている万造の肩口の傷を検めた。

「掠《かす》り傷だ。死にはしねえ」

雲海坊は嘲笑した。

「へ、へい……」

万造は、怯《おび》えたように頷いた。

肥った浪人は、痩せた浪人と共に雑木林を抜けて堤を駆け上がり、柳原通りに出た。そして、昌平橋に向かった。

勇次が追って現れ、肥った浪人と痩せた浪人の尾行を開始した。


御曲輪内大名小路には、豪壮な構えの大名屋敷が連なっていた。

由松は、片岡清左衛門に伴われて熊本藩江戸上屋敷に入った。

片岡は、由松を岡崎敬之助の暮らす侍長屋の小者に押し込んだ。

由松は小者として熊本藩江戸上屋敷に入り、岡崎敬之助を見張る事になったのだ。

「ではな由松……」

片岡は、辺りを窺いながら声を潜めた。

「はい、お任せ下さい」

由松は頷いた。

片岡は、殿さまの御機嫌を伺《うかが》って下屋敷に戻った。

由松は小者頭の茂平《もへい》に挨拶をした。

「新参者の由松にございます。宜しく御引き廻しを願います。これは些少《さしょう》ではございますが、お近付きの印に……」

由松は、茂平に一分金を二枚包んだ紙包みを握らせた。

「こいつはすまないね。ま、困った事があったら何でも相談するんだね」

茂平は、紙包みを懐に入れて笑った。

「へい。ありがとうございます」

由松は、御機嫌を取るように笑った。


湯島天神門前町の盛り場は、未だ正月気分が抜けてはいなかった。

肥った浪人と痩せた浪人は、盛り場の奥にある小体《こてい》な飲み屋に入った。

勇次は見届けた。

残る二人の浪人もやって来た。

勇次は、木戸番に小体な飲み屋がどんな店なのか訊いた。

小体な飲み屋は、博奕《ばくち》打ちあがりの親父が営んでおり、浪人や博奕打ちの溜り場になっていた。

評判の悪い店だ……。

勇次は、柳橋の弥平次の許に使いを走らせ、浪人たちを見張った。


骨董屋の幸兵衛と掏摸の万造は、大番屋の仮牢に繋がれた。

久蔵は、報せに来た幸吉を従えて大番屋に駆け付けた。そして、掏摸の万造を詮議場に引き据えた。

掏摸の万造は、冷たい床に敷かれた筵《むしろ》の上に座って震えた。

震えは床の冷たさだけではなく、これから始められる詮議に対する恐怖もあった。

「万造、南町の秋山久蔵だ」

久蔵は、万造を冷たく見据えた。

「か、剃刀……」

万造は、詮議をするのが剃刀久蔵だと知って激しい恐怖に衝き上げられた。

「さあて万造。手前、飯倉神明で隠居の印籠を掏摸盗り、中に入っていた心の臓の薬を烏頭にすり替えたな」

久蔵は、嘲《あざけ》りを浮かべた。

「へ、へい……」

万造は、喉《のど》を引き攣らせて頷いた。

「そいつは誰に頼まれた」

「骨董屋の幸兵衛親方です」

万造は、嗄《しゃが》れた声を震わせた。

「ならば、幸兵衛は誰に頼まれての事か知っているな」

「そ、それは……」

万造は躊躇った。

「万造、お前、今日、柳森神社の裏で襲って来た浪人共が、誰に雇われているのか気付いているんだろう」

「あ、秋山さま……」

万造は、恐ろしげに身震いした。

「幸兵衛に頼んだ奴を始末しねえ限り、お前と幸兵衛の命は狙われ続けて口を封じられる。ま、馬鹿な悪党同士の殺し合い。こっちは手間が掛からず楽なもんだぜ」

久蔵は、冷笑を浮かべた。

「秋山さま、熊本藩の御隠居さまの印籠の心の臓の薬をすり替えろと、幸兵衛親方に頼んで来たのは、岡崎敬之助って侍です」

「やはりな……」

久蔵は、厳しい面持ちで頷いた。

「あ、秋山さま……」

万造は、久蔵が何もかも知っているのに気が付いた。

「して、今日は何しに柳森神社に行ったのだ」

「へい。岡崎が心の臓の薬と烏頭のすり替えが上手くいったので五十両の金を渡すと……」

「岡崎の野郎。二人で五十両より、四人の浪人で四十両と踏み、十両の掠りを取ろうとしやがったのかな」

久蔵は、苦笑しながら読んだ。

もし、読みが正しいのなら、岡崎敬之助の背後には何者かが潜んでいるのだ。

久蔵は、万造を仮牢に戻して骨董屋の幸兵衛を引き据え、岡崎の背後に潜む者を知っているか問い質《ただ》した。

幸兵衛は知らなかった。

「じゃあ訊くが幸兵衛、お前、岡崎敬之助とは何処で知り合ったんだ」

「はい。入谷《いりや》の賭場《とば》で……」

「賭場……」

「はい」

「岡崎、博奕は上手いのか……」

「いいえ。下手も大下手、借金塗《まみ》れです」

幸兵衛は、微かな侮《あなど》りを浮かべた。

春斎の心の臓の薬のすり替えに、賭場の借金は拘わりあるのかもしれない。

何れにしろ、岡崎敬之助を締め上げるしかない……。

久蔵は見定め、幸兵衛を仮牢に戻した。

「秋山さま。勇次が万造と幸兵衛を襲った浪人共の溜り場を突き止めました」

幸吉が報せた。

「よし。先ずは浪人共を片付けるか……」

久蔵は、幸吉と雲海坊を従えて湯島天神門前町の盛り場に急いだ。

湯島天神門前町の盛り場の小体な飲み屋は、開店前の店先の掃除もしていなかった。

久蔵は、店の裏手に幸吉、雲海坊、見張っていた勇次を廻し、表の腰高障子を開けた。

「邪魔するぜ」

久蔵は踏み込んだ。

薄暗く狭い店内では、四人の浪人と店の親父が酒を飲んでいた。

「店は未だだぜ、お侍……」

親父は、久蔵に刺々《とげとげ》しい声を投げ掛けた。

「心配するな。小汚ねえ店の安酒を飲みに来たんじゃあねえ」

久蔵は苦笑した。

「なに……」

親父は熱《いき》り立った。

「煩せえ」

久蔵は、腰高障子の傍にあった心張棒を手に取った。

親父は怯み、四人の浪人たちは刀を手にして立ち上がった。

「慌てるんじゃあねえ」

久蔵は一喝した。

四人の浪人たちは凍て付《い》いた。

「真っ昼間、柳森神社の裏で段平《だんびら》を振り廻した馬鹿な浪人ってのは手前らだな」

久蔵は、四人の浪人を見据えた。

「だったらどうした」

痩せた浪人が、久蔵に斬り掛かった。

久蔵は、痩せた浪人の刀を心張棒で叩き落として蹴飛ばした。

痩せた浪人は、弾き飛ばされて壁に激しく叩き付けられた。

小体な飲み屋は揺れ、壁が崩れて棚の上に置かれていた物が落ちた。

「大番屋に来て貰うぜ」

久蔵は、心張棒を唸らせた。

二人の浪人は、激しく打ちのめされて悲鳴をあげた。

肥った浪人は、転がるように裏口に逃げた。

幸吉、雲海坊、勇次が裏口から雪崩《なだ》れ込んで来た。

肥った浪人は逃げ惑った。

幸吉、雲海坊、勇次は、肥った浪人を容赦なく打ちのめした。

久蔵は、四人の浪人たちに次々と縄を打つ幸吉、雲海坊、勇次を見守った。


熊本藩江戸上屋敷は、何事もなく夕暮れを迎えた。

勘定方の者たちは、その日の仕事を終えて用部屋を出た。

岡崎敬之助は、侍長屋の己の家に戻った。

「今日から手前共と一緒にお世話をさせて戴く由松にございます」

茂平は、由松を岡崎に引き合わせた。

「由松にございます。宜しくお願い致します」

由松は、岡崎に挨拶をした。

「うむ……」

岡崎は、由松を一瞥《いちべつ》して偉そうに頷き、己の家に入った。

「腰巾着《こしぎんちゃく》が、偉そうに……」

茂平は吐き棄てた。

「岡崎さま、腰巾着なんですかい」

「ああ。勘定奉行の沢井さまにべったりだ」

「へえ……」

岡崎は、上役である沢井と云う勘定奉行の腰巾着なのだ。

「そんな人じゃあ、親しくしている人も少ないんでしょうね」

「陰で告げ口する嫌われ者だからな。御奉行の沢井さまも便利に使っているだけだよ」

「便利にねえ……」

「ま、嫌な野郎だけど頼むぜ」

「へい。じゃあ……」

由松は、茶の入った土瓶と湯呑茶碗を持って岡崎の家を訪れた。


「どうぞ……」

由松は、土瓶の茶を湯呑茶碗に注いで岡崎に差し出した。

「うむ……」

岡崎は、由松に背を向けて金を数えていた。

「岡崎さま、他に御用はございませんか……」

「うむ。勘定奉行の沢井さまの屋敷に赴いて私に用はないか訊いて来てくれ」

「勘定奉行の沢井さまでございますね」

「うむ。早く行って来い」

岡崎は、苛立たしげに告げた。

「は、はい……」

由松は、岡崎の家を出た。

腰巾着の御用聞きか……。

由松は嘲りを浮かべ、勘定奉行の沢井蔵人の許に向かった。


翌日、久蔵は片岡清左衛門と共に熊本藩江戸上屋敷を訪れ、江戸家老の内藤帯刀《ないとうたてわき》と目付頭の大沢主膳《おおさわしゆぜん》に逢った。

「内藤さま、大沢どの、こちらは御隠居さまと昵懇《じつこん》の南町奉行所吟味方与力秋山久蔵どのでしてな」

片岡は、内藤と大沢に久蔵を引き合わせた。

内藤と大沢は、戸惑いを浮かべながら久蔵と挨拶を交わした。

「勘定方の岡崎敬之助を一刻も早く我が藩から放逐すべきですぞ」

片岡は、内藤と大沢に告げた。

「何故に……」

「貴藩の岡崎敬之助、掏摸を使って或る御方に毒を盛ろうとし、挙げ句の果てに食詰め浪人共を雇い、その掏摸の口を封じようとしましてな。我ら南町奉行所としては公儀大目付と評定所に報せ、岡崎敬之助の引き渡しを求める事になります」

久蔵は、厳しい面持ちで告げた。

「な、何と……」

内藤と大沢は驚いた。

「内藤さま、此のままでは我が藩は家臣の支配不行届き、公儀のお怒りを受け、只では済みませぬ。それ故、岡崎を一刻も早く我が藩から放逐すべきかと……」

片岡は告げた。

「それで放逐か……」

内藤は眉をひそめた。

「はい。一刻も早く我が藩と拘わりなき者とすべきにございます」

片岡は、深刻な面持ちで勧めた。

「岡崎を放逐……」

「片岡、岡崎が毒を盛ろうとした相手は何処の何方《どなた》なのだ」

内藤は、緊張を滲ませた。

「それは申せませぬ」

「秋山どの、それは岡崎敬之助一人の所業なのですか……」

大沢は、鋭い眼差しで久蔵を見詰めた。

「そいつは岡崎を詮議してみなければ分かりませぬが、今の処は一人かと……」

久蔵は、大沢を見返した。

「成る程。如何致しますか、内藤さま」

「大沢、おぬしはどう思う」

「岡崎敬之助、片岡どのの申される通り、一刻も早く放逐し、我が藩と拘わりなき者にすべきかと……」

「分かった。ならば勘定奉行の沢井蔵人を此《これ》に呼べ」

内藤帯刀は、腹立たしげにこめかみを引き攣らせた。

勘定奉行の沢井蔵人は、江戸家老内藤帯刀に配下の支配不行届きで厳しく叱責《しっせき》され、岡崎敬之助を連れて来るように命じられた。

沢井は、己の用部屋に戻って岡崎敬之助を呼んだ。

「お呼びでございますか……」

岡崎は、沢井の用部屋を訪れた。

「入れ……」

沢井は、喉を引き攣らせた。

「御免……」

岡崎は、沢井の用部屋に入って障子を閉めた。

「おのれ岡崎……」

沢井蔵人は、いきなり脇差を抜いて岡崎に斬り付けた。

血が障子に飛び散った。

岡崎は額を斬られ、悲鳴をあげて用部屋から転がり出た。

血の飛んだ障子が倒れ、額を斬られた岡崎が廊下を転げ廻った。

沢井は血相を変え、血に塗れた脇差を握って追って出て来た。

岡崎は、廊下から濡縁に逃げた。

「待て……」

沢井は、岡崎に追い縋って脇差を振るった。

岡崎は、濡縁から庭先に転げ落ちた。

勘定方の者たちが駆け付け、庭先で血塗れで踠《もが》く岡崎と脇差を翳《かざ》す沢井に驚いた。

沢井は、尚も岡崎に斬り付けようとした。

刹那、久蔵が現れて沢井の脇差を叩き落とし、鋭い投げを打った。

沢井は、濡縁に激しく叩き付けられて苦しく呻《うめ》いた。

久蔵は沢井を押えた。

「由松……」

久蔵は、沢井を膝で押えて庭先に叫んだ。

由松が、木戸から庭先に入って来た。

「岡崎に早縄を打て」

「承知……」

由松は、血塗れで踠いている岡崎に素早く早縄を打った。

片岡は、江戸家老の内藤や目付頭の大沢と見守っていた。

「沢井蔵人、御隠居春斎さまの心の臓の薬を烏頭にすり替えるよう、岡崎に命じたな」

久蔵は、沢井を見据えた。

「ち、違う……」

「ならば何故、岡崎を殺そうとした」

「私は岡崎を成敗しようと……」

沢井は、嗄れ声を必死に震わせた。

「黙れ。岡崎から己が命じた事が洩れるのを恐れての口封じ、下手な芝居は止めるのだな」

久蔵は嗤《わら》った。

「おのれ沢井蔵人。御隠居さまに毒を盛ろうとした慮外者《りよがいもの》」

片岡は、厳しく怒鳴り付けた。

沢井は項垂《うなだ》れた。

「秋山どの……」

片岡は、久蔵を見詰めた。

「片岡どの、我らは町方の者を殺そうとした岡崎敬之助の身柄を引き渡して戴きたいだけ、沢井蔵人が何故、春斎さまに毒を盛ろうと企てたかは後刻お報せ戴ければ結構……」

久蔵は、沢井蔵人の詮議と仕置の一切を熊本藩に任せた。

「御家老……」

片岡は、江戸家老の内藤帯刀に判断を委ねた。

「承知した。大沢……」

「はっ。沢井蔵人を引き立てい」

目付頭の大沢主膳は、駆け付けていた目付衆に命じた。

目付衆は、沢井を乱暴に引き立てて行った。

大沢と片岡が続いた。

「秋山どの、御造作をお掛け致した。お心配り、忝い」

内藤は、久蔵に頭を下げた。

「礼には及びません。では、岡崎敬之助を引き立てますぞ」

「岡崎敬之助、既に我が熊本藩の家臣ではなく只の浪人。お好きにされるが良い」

内藤は頷いた。

「ならば、これにて御免……」

久蔵は微笑んだ。

浪人となった岡崎敬之助は、久蔵の厳しい詮議に何もかも白状した。

隠居の春斎に毒を盛れと沢井蔵人に命じられ、幸兵衛と万造に相談して手立てを決めた。

手立ては、春斎の印籠の心の臓の薬と烏頭のすり替えだった。そして、すり替えが上首尾に終わったと知り、食詰め浪人を雇って幸兵衛と万造の口を封じようとした。だが、口封じは失敗した挙げ句、己が沢井に口封じされそうになったのだ。

岡崎敬之助は、己の愚かさを思い知らされて項垂れた。

松の内も過ぎ、家々から松飾りも消えた。

久蔵は、細川家隠居の春斎に招かれて熊本藩江戸下屋敷を訪れた。

片岡清左衛門が出迎え、久蔵を春斎の隠居所に誘った。

春斎は、酒肴《しゅこう》を仕度して久蔵を待っていた。

「いろいろ造作を掛けたな」

春斎は、久蔵に礼を述べて酒を勧めた。

「畏れいります」

久蔵は、春斎や片岡と酒を飲んだ。

「して春斎さま。沢井蔵人、何故、春斎さまに毒を盛ろうとしたのか吐きましたか……」

「う、うむ……」

春斎は、云い難《にく》そうに頷いた。

「秋山どの、沢井蔵人は勘定奉行なのを良い事に藩の金を吉原の花魁《おいらん》に貢いでいましてな」

片岡は、腹立たしげに語り始めた。

「藩の金を花魁に……」

久蔵は呆《あき》れた。

「で、花魁の座敷で遊んでいる処を御隠居さまに見られたと思い、厳しいお咎《とが》めを受けると恐れての企てでした」

片岡は告げた。

「春斎さまに見られたと思ったとは……」

久蔵は眉をひそめた。

「き、久蔵、儂は偶々《たまたま》吉原に行っただけだ」

春斎は狼狽えた。

「ほう。して……」

久蔵は、春斎を促した。

「偶々あがった廓《くるわ》の座敷の隣りが花魁の座敷で、出入りしていた沢井が儂に気付き、己の悪行を探りに来たと恐れ戦《おのの》き、秘かに毒を盛ろうとしたそうだ。儂は沢井蔵人が花魁の客だなどと、気付きもしなかったのだがな」

春斎は、吐息を洩らした。

「成る程、そうでしたか……」

久蔵は苦笑した。

「うむ。沢井蔵人の迂闊者《うかつもの》が、臆病神に取り憑《つ》かれおって……」

「臆病神ですか……」

久蔵は、沢井蔵人が生真面目で慎重な男だと聞いたのを思い出した。

「左様、臆病神だ。お陰で儂は今でも吉原通いをする年甲斐もない爺《じじ》いだと、家中に知れ渡って仕舞ったわ」

春斎は、不服げに酒を呷《あお》った。

「良いじゃありませんか、他人がどう思おうが、偶々なのですから……」

久蔵は慰めた。

「そうだな。最早、他人の眼を気に致す歳でもないか……」

春斎は苦笑した。

「はい。そうですか、沢井蔵人、臆病神に取り憑かれましたか……」

久蔵は、苦笑しながら酒を飲んだ。

正月に訪れたのは、福の神ではなく臆病神だった。

ま、疫病神や貧乏神よりはいいか……。

第二話

冬の椿

一

如月《きさらぎ》——二月。

彼岸には、来世の安楽を願って六阿弥陀詣が行なわれる。

六阿弥陀詣とは、江戸近郊六ヶ所にある行基の作と伝えられる阿弥陀仏への参拝だった。

南町奉行所定町廻り同心の神崎和馬は、下っ引の幸吉を伴って市中の見廻りをし、金龍山浅草寺《きんりゅうざんせんそうじ》を訪れた。

正月が過ぎ、冷たい風も吹き続き、浅草寺の境内に参拝客は余り多くはなかった。

和馬と幸吉は、境内の茶店で温かい甘酒を飲んだ。

「暖まるな……」

「ええ……」

和馬と幸吉は、甘酒を楽しんだ。

浅草寺の境内の隅の椿の木には、幾つもの真っ赤な花が咲いていた。

和馬は、甘酒を飲みながら眺めた。

椿の木の下では、五歳程の女の子が地面に落ちた真っ赤な花を拾って遊んでいた。

「おかよ……」

質素な形《なり》をした母親が、風呂敷包みを手にして女の子に駆け寄った。

「おっ母ちゃん……」

女の子は、母親の脚に抱き付いて拾っていた赤い椿の花を見せた。

「あら、綺麗だね」

「うん。拾ったんだよ」

「そう、良かったね。さあ、行こう……」

母親は、幼い娘の手を引いて浅草寺の東門に向かった。

和馬は、緊張した面持ちで東門に向かう母と幼い娘を見詰めていた。

「和馬の旦那、どうかしましたか……」

幸吉は、和馬に怪訝な眼を向けた。

「う、うん。幸吉、あの母子の行き先を突き止めるぞ」

「えっ……」

「訳は歩きながらだ」

和馬は、母子を追った。

幸吉は続いた。


母子は、浅草寺東門を出て北馬道町《きたうまみちちょう》を抜けて山谷堀《さんやぼり》に向かった。

和馬と幸吉は追った。

「幸吉、五年前に越前屋って米問屋に強請《ゆす》りを掛けた悪旗本の一味をお縄にしたのを覚えているか……」

「ええ。面倒な一件でしたね」

「ああ、あの女、おふみと云ってな。その時の悪旗本の用心棒だった浪人の女房だ」

和馬は、先を行くおふみと女の子を見詰めたまま告げた。

「用心棒の浪人の女房……」

幸吉は、おふみを見詰めた。

「浪人の名は香川弥十郎《かがわやじゅうろう》だ」

「ああ。香川弥十郎ですか。あの時、あっしは悪旗本に張り付いていましたんで、香川の女房迄は……」

「うむ。あの時、おふみは身重で大きな腹をして、妻恋町の長屋に暮らしていてな。それで覚えていたのかもしれない」

「じゃあ、あの女の子は……」

「うん。その時の子供だろうな」

「和馬の旦那、用心棒の香川弥十郎、確かあの時、最後迄抗《あらが》って……」

　幸吉は眉をひそめた。

「ああ。秋山さまに斬り棄てられた」

「そうでしたよね」

　おふみは、おかよと手を繋いで連なる寺の間を通り、浅草田町《たまち》一丁目に入った。

　そして、山谷堀の堤を背にした古い長屋の木戸を潜った。

　和馬と幸吉は、古い長屋の木戸に走った。

　おふみとおかよは、古い長屋の一番奥の家に入った。

　和馬と幸吉は見届けた。

「で、どうします」

「どんな暮らしをしているのかな」

「気になりますか……」

「ああ。母子二人、何事もなく穏やかに暮らしていればいいのだがな」

和馬は、微かな心配を過ぎらせた。

「じゃあ、ちょいと調べてみますか……」

「うむ……」

和馬は頷き、幸吉と共に浅草田町一丁目の自身番に向かった。


「土手下の勘助《かんすけ》長屋ですか……」

自身番の店番《たなばん》は、町内の名簿を捲《めく》って勘助長屋を探した。

「うむ。母親はふみ、子供はかよ。二人暮らしの筈だ」

和馬は告げた。

「おふみさんですか……」

「ああ……」

「ありました。三年前に勘助長屋に越して来ていますね」

店番は、名簿を見ながら和馬に告げた。

「三年前か……」

「はい」

「和馬の旦那……」

幸吉が、自身番の向かい側にある木戸番からやって来た。

「うん。造作を掛けたな」

和馬は、詰めていた店番たちに礼を云って狭い自身番を出た。


「どうだった」

「木戸番の庄助《しょうすけ》さんの話じゃあ、おふみの家に出入りをしている男はいないようでしてね。随分と子供のおかよを可愛がっているって話ですよ」

「そうか……」

「ええ。おふみとおかよ、母子二人、随分仲が良いようですよ」

「おふみ、仕事は何をしているんだ」

「広小路の呉服屋の仕立物をしていましてね。時々、花川戸《はなかわど》の料理屋の手伝いもしているとか……」

「そうか……」

女手一つで子供を抱えての暮らしは、仕立物の仕事だけでは賄《まかな》えないのだ。

「ま、おかよを抱えて大変でしょうが、母子仲良く穏やかに暮らしていて良かったじゃありませんか」

「ああ……」

和馬は頷いた。

おふみは、夫の香川弥十郎が久蔵に斬り棄てられた後、おかよを産んだ。そして、赤ん坊のおかよを抱いて土手下の勘助長屋に越して来て穏やかに暮らしている。

和馬は読んだ。

「幸吉っつぁん……」

木戸番の庄助は、和馬に会釈をしながら幸吉に声を掛けて来た。

「なんですかい」

「今、思い出したんだけど、十日ぐらい前だったか、大店のお内儀《かみ》さんが来てね。おふみさんの事、いろいろ訊かれたよ」

「大店のお内儀がおふみの事を……」

和馬は眉をひそめた。

「へい」

「いろいろ訊かれたって、どんな事だい」

幸吉は、庄助に尋ねた。

「子供の名前や住まいは何処だとか……」

「で、教えたんですかい……」

「そいつが、お内儀さん、妙に思い詰めた様子でね。滅多な事は云わない方が良いと思い、詳しく知らないと……」

庄助は告げた。

「そのお内儀、何処の誰か分かるか……」

和馬は訊いた。

「確か、上野北大門町《きただいもんちょう》の小間物屋のお内儀だと云っていました」

「小間物屋の屋号は……」

「そいつが井筒屋《いづつや》だったか和泉屋《いずみや》だったか……」

庄助は、申し訳なさそうに首を捻《ひね》った。

「じゃあ歳の頃は……」

「三十過ぎですか……」

三十歳過ぎの小間物屋のお内儀……。

「和馬の旦那……」

「うん……」

小間物屋のお内儀は、何故におふみの住まいや子供の名を知りたがっているのか……。

「庄助、お内儀、妙に思い詰めた様子だったんだな」

「はい。お供の女中も戸惑っていました」

「そうか……」

和馬は、何故か微かな不安を覚えた。

「じゃあ和馬の旦那、上野北大門町に行ってみますか……」

幸吉は、和馬の腹の内を読んだ。

「いいかな……」

和馬は、下谷広小路《したやひろこうじ》や上野北大門町が今日の見廻りの道筋に入っていないのを気にした。

「そりゃあもう……」

幸吉は笑った。

「よし。じゃあ行ってみよう」

和馬は頷いた。

「じゃあ庄助さん、造作を掛けましたね」

幸吉は、木戸番の庄助に礼を述べた。

「いいえ……」

「そうだ、庄助。これからもおふみ母子の事は洩らすな」

「は、はい……」

「で、妙な事が起きないか気にしてやってくれ。頼むぞ」

和馬は頼んだ。

「はい。承知しました」

庄助は、緊張気味で頷いた。

和馬と幸吉は、上野北大門町に急いだ。

下谷広小路は、寒い所為か浅草広小路同様に行き交う人は少なかった。

上野北大門町は、下谷広小路の南の東西にあった。

和馬と幸吉は、お内儀がお供の女中を従えて出歩く程の小間物屋を探した。

条件に合う小間物屋は三軒あった。

和馬と幸吉は、三軒の小間物屋のお内儀の歳の頃を調べ歩いた。

三十歳過ぎのお内儀……。

和馬と幸吉は突き止めた。

小間物屋『伊勢屋《いせや》』のお内儀のおきぬ……。

「伊勢屋のおきぬが、おふみを探っていた小間物屋のお内儀に違いあるまい」

和馬は見定めた。

日暮れが近付いた。


行燈の火は瞬いた。

「香川弥十郎、中々の遣い手だったな……」

秋山久蔵は、五年前に悪旗本の強請りに連座して最後迄抗い、斬り棄てた香川弥十郎を思い出した。

「はい。その香川の女房のおふみと子供のおかよです」

和馬は、久蔵の猪口に酒を満たした。

「子供のおかよ。香川が死んでから産まれたのだな」

「はい。香川が逃げ廻り、私が見張っていた時には大きな腹をしていました」

和馬は、手酌で酒を飲んだ。

「そうか。して、母子仲良く達者にやっているか……」

「はい。ですが、気になる事が一つ……」

和馬は猪口を置いた。

「何だ……」

「上野北大門町の小間物屋のお内儀が、おふみとおかよの事を調べているようなんです」

「小間物屋のお内儀……」

久蔵は眉をひそめた。

「はい。伊勢屋と云う小間物屋のおきぬってお内儀ですがね」

「おきぬ、どのような女だ」

「そいつは未だです。何分にも事件じゃあないので……」

和馬は、躊躇いを浮かべた。

「和馬、俺たち町方は、悪党をお縄にするだけじゃあなく、事件が起きるのを防ぐのも役目だぜ」

「じゃあ……」

「気になるのなら、調べてみるが良いさ」

久蔵は酒を飲んだ。

「はい……」

和馬は頷き、猪口に残っていた酒を飲み干した。


拍子木の甲高い音は、蒼白い月の冴える夜空に響き渡った。

「火の要心……」

木戸番の庄助は、浅草田町一丁目の夜廻りをしていた。

勘助長屋の木戸が行く手に見えて来た。

「妙な事が起きないか気にしてやってくれ……」

庄助は、和馬の言葉を思い出し、勘助長屋の木戸の暗がりに眼を凝らした。

黒い人影が木戸の暗がりに動いた。

「誰だ」

庄助は、厳しい声で咎めた。

次の瞬間、木戸の暗がりから黒い人影が飛び出し、半纏《はんてん》を翻《ひるがえ》して逃げ去った。

庄助は、黒い人影の潜んでいた木戸に走り、勘助長屋を窺った。

勘助長屋の家々には、小さな明かりが灯されて子供の笑い声が洩れていた。

小さな明かりは、おふみの家にも灯されていた。

何事もなかったようだ……。

庄助は見定めた。

黒い人影が、おふみの家を窺っていたかどうかは分からない。だが、半纏を翻して逃げた処をみると真っ当な奴ではない。

庄助は、厳しい面持ちで辺りを窺った。

蒼白い月に照らされた夜の通りに人影はなかった。


南町奉行所は、朝から公事訴訟《くじ》で訪れた者たちで賑わっていた。

「勘助長屋に妙な野郎が……」

和馬は眉をひそめた。

「ええ。今朝早く木戸番の庄助さんが笹舟《ささぶね》に来ましてね。戌《いぬ》の刻五つ（午後八時）の夜廻りの時に見掛けたそうです」

「どんな野郎だ」

「半纏を着た町方の野郎だったそうでしてね。ま、おふみに拘わりがあるかどうかはわかりませんが、親分と相談して雲海坊と勇次をおふみたちの見張りにやりました」

「そうか……」

和馬は安堵した。

「じゃあ、上野北大門町に行きますか……」

「うん……」

和馬と幸吉は、小間物屋『伊勢屋』のお内儀おきぬを調べに同心詰所を出た。

浅草田町一丁目の勘助長屋は、亭主たちも仕事に出掛け、おかみさんたちの賑やかな洗濯も終わり、漸く静けさを取り戻した。

勇次は、木戸に潜んでおふみとおかよを見守った。

おふみは、おかみさんたちと一緒に洗濯をし、今は家で仕立物をしている筈だ。

「変わった事はないようだな」

雲海坊は、それとなく辺りに聞き込みを掛けて戻って来た。

「ええ。静かなもんですよ。で、雲海坊の兄貴の方は……」

「働き者で優しくて、おふみの評判は良いよ」

「そうですか……」

「で、近頃、縞《しま》の半纏を着た博奕打ちのような野郎が、勘助長屋の傍《そば》を彷徨《うろつ》いているそうだぜ」

「雲海坊の兄貴……」

「ああ。きっと昨夜、木戸番の庄助さんが見掛けた野郎だぜ」

雲海坊は睨んだ。

「ええ……」

勇次は頷き、通りを行き交う者たちを見廻した。

通りを行き交う者たちの中に、縞の半纏を着た男はいなかった。

雲海坊と勇次は、おふみの家と通りを見張った。


下谷広小路は賑わっていた。

和馬と幸吉は、上野北大門町の小間物屋の『伊勢屋』の様子を窺った。

小間物屋『伊勢屋』は、大名旗本家の御用達《ごようたし》の看板を掲げた老舗《しにせ》の大店であり、母屋の奥にいるお内儀のおきぬの姿を見る事は出来なかった。

和馬は、小間物屋『伊勢屋』に幸吉を見張りに残し、上野北大門町の自身番に赴いた。そして、自身番の店番におきぬの事を尋ねた。

「伊勢屋のお内儀さんですか……」

「うむ。ちょいと訊かせちゃあくれないかな」

「はい。伊勢屋のお内儀のおきぬさんは、二年前に旦那の宗右衛門《そうえもん》さんに望まれて後添えに入りましてね」

「後添え……」

和馬は眉をひそめた。

「はい……」

店番は頷いた。

「そうか、おきぬは後添えだったのか……」

和馬は知った。

「ええ……」

「じゃあおきぬ、後添えに入る前には何をしていたのかな」

「そいつは良く分かりませんが、噂では大店のお嬢さんたちに礼儀作法や茶の湯なんかを教えていたって話ですよ」

「礼儀作法や茶の湯か……」

「はい……」

おきぬの素性は、武家と拘わりがあるのかもしれない。

和馬は睨んだ。


小間物屋『伊勢屋』の裏口から、中年の女中が出て来た。

「あの女中は如何ですかい……」

幸吉は、小間物屋『伊勢屋』の傍で店を開いていた初老の易者に尋ねた。

「ああ。あの人がお内儀さま付きの女中のおとみさんだよ」

初老の易者は、出掛けて行く中年の女中を見て頷いた。

「そうですかい。じゃあ……」

幸吉は、お内儀付きの女中のおとみを追った。

おとみは、小間物屋『伊勢屋』を出て裏通り伝いに不忍池に向かった。

不忍池の水面には、魚が跳ねたのか波紋が広がっていた。

おとみは、不忍池の畔を足早に進んだ。
幸吉は追った。
おとみは、不忍池の畔にある茶店に入った。
幸吉は、雑木林に入って茶店に近付いた。
おとみは、縁台に腰掛けて茶店の老婆に茶を頼んでいた。
誰かを待っている……。
幸吉は、雑木林から見守った。
おとみは、落ち着かない風情で畔の小道を見廻していた。
幸吉は、不忍池の畔を縞の半纏を着た男が来るのに気付いた。
勘助長屋を見張っていた半纏野郎……。
幸吉は睨んだ。

二

縞の半纏を着た男は、おとみに笑い掛けながら隣りに腰掛けた。
おとみは、苦笑を浮かべて茶店の老婆に茶の追加を頼んだ。

縞の半纏を着た男とおとみは、声を潜めて何事かを話し始めた。

おふみとおかよの事を話しているのか……。

幸吉は見守った。

茶店の老婆が茶を運んだ。

おとみと縞の半纏を着た男は、茶をすすりながら話を続けた。そして、四半刻程が過ぎた頃、おとみは茶店を出て来た道を戻り始めた。

おとみは『伊勢屋』に戻る……。

幸吉はそう読み、縞の半纏を着た男を追う事にした。

縞の半纏を着た男は、茶を飲み干して茶店を出た。

名前と素性を突き止めてやる……。

幸吉は、雑木林伝いに縞の半纏を着た男を追った。

縞の半纏を着た男は、不忍池の畔を西に向かった。

幸吉は、慎重に追った。

縞の半纏を着た男は、不忍池の畔の小道から湯島天神裏の切通しを進んだ。そして、金助町《きんすけちょう》の通りに曲った。

金助町の通りの東側には、旗本屋敷が軒を連ねていた。

縞の半纏を着た男は、連なる旗本屋敷の前を進んだ。

一軒の旗本屋敷の前では、老下男が掃除をしていた。

「おう。父っつぁん、未だくたばらねえで無駄飯を食っているのか……」

縞の半纏を着た男は、老下男に生意気な口を利いて隣りの旗本屋敷に入って行った。

老下男は、腹立たしげな面持ちで縞の半纏を着た男を見送った。

幸吉は、老下男の様子を見定めて近付いた。

「ちょいとお尋ねしたいんですが……」

幸吉は微笑み、頭を下げた。

「何ですかい」

老下男は、掃除の手を止めた。

「お隣りは神崎和馬さまの御屋敷でしょうか」

幸吉は、和馬の名前を使った。

「いいえ。隣りは小泉竜一郎《こいずみりゅういちろう》さまの御屋敷ですよ」

「小泉竜一郎さま……」

「ええ……」

「じゃあ、今入って行った縞の半纏を着た人は……」

「あいつは、博奕打ちの仙八《せんぱち》って陸《ろく》でなしですよ」

老下男は吐き棄てた。

「博奕打ちの仙八……」

縞の半纏を着た男は、仙八と云う博奕打ちだった。

「ええ。小泉さまと連《つる》んでどんな悪さをしているのやら……」

老下男は白髪眉をひそめた。

仙八は勿論、小泉竜一郎も嫌っている……。

幸吉は睨んだ。

「悪さですかい……」

「人の弱味に付け込んで強請りに集《たか》り、噂じゃあ騙《かた》りも働いているって話だよ」

「へえ。小泉さまと仙八、そんな悪なんですかい……」

幸吉は呆れた。

「ええ。兄さん、あんな者たちと拘わりを持っちゃあならないよ」

老下男は、人の良さを露《あらわ》にして心配した。

「はい。そいつはもう……」

幸吉は頷いた。


老下男は、掃除を終えて屋敷に引き取った。

幸吉は、物陰から小泉屋敷を見張った。

縞の半纏を着た仙八と着流しの若い侍が、小泉屋敷から出て来た。

着流しの若い侍は小泉竜一郎……。

幸吉は睨んだ。

仙八と小泉竜一郎は、湯島天神裏の切通しに向かった。

幸吉は追った。


昼が過ぎ、勘助長屋には赤ん坊の泣き声が響いていた。

雲海坊と勇次は、木戸の陰からおふみの家を見張っていた。

おふみの家の腰高障子が開き、おかよが出て来た。

雲海坊と勇次は見守った。

「おっ母ちゃん、早く……」

おかよは、振り返って家の中に叫んだ。

「はい、はい……」

おふみが、風呂敷包みを持って家から出て来て腰高障子を閉めた。

「さあ、行こう」

「うん……」

おふみとおかよは、手を繋いで勘助長屋を出た。

雲海坊と勇次は追った。

おふみは、おかよと手を繋いで寺の間の道を浅草寺に向かった。

雲海坊と勇次は、おふみたちを尾行ながら縞の半纏を着た男が現れるのを警戒した。

おかよは、おふみと繋いだ手を大きく振りながら楽しげに歩いていた。

「可愛い子だな」

雲海坊は、おかよを見る眼を細めた。

「ええ。おっ母ちゃんが大好きなんですね」

「ああ……」

雲海坊と勇次は、おふみとおかよ母子を見守りながら追った。

金龍山浅草寺の境内には、参詣客が行き交っていた。

おかよは、境内の隅の椿の木の下に駆け寄り、落ちていた真っ赤な花を拾い始めた。

「じゃあおかよ、おっ母ちゃん、松屋さんに行って直ぐに戻るからね」

「うん。おかよ、此処《ここ》で遊んでいる」

おふみは、おかよを椿の木の下に残して足早に広小路に向かった。

「よし。おかよは俺が見張る。おふみを頼む」

雲海坊は、勇次に指示した。

「承知……」

勇次は頷き、おふみを追った。

雲海坊は、地面に落ちた椿の花を拾って遊んでいるおかよの傍に立った。

おかよは、怪訝に雲海坊を見上げた。

雲海坊は、饅頭笠の下で面白い顔をして笑って見せた。

おかよは笑った。

雲海坊は、咳払いをして経を読み始めた。

おかよは、椿の花を拾って遊び始めた。


浅草広小路の呉服屋『松屋』は繁盛していた。

老番頭は、仕立てた着物の吟味を終えておふみに微笑んだ。

「結構です。引き取らせて戴きますよ」

「ありがとうございます」

おふみは安堵を浮かべた。

老番頭は、仕立てた着物を片付け、手間賃と新たな反物を持って来た。

勇次は、店の入口から帳場の奥にいるおふみと老番頭を見守っていた。

どうやら、仕立てた着物は引き取られ、新たな仕立物を頼まれたようだ。

良かった……。

勇次は、おふみとおかよ母子の為に喜んだ。

おかよは、椿の花を拾い集めて枯れたり汚れたりしている花片を棄てた。そして、綺麗な花だけを集めて大きな草の葉の上に並べていた。

雲海坊は、おかよを見守りながら経を読んで托鉢《たくはつ》をしていた。

縞の半纏を着た男が、軽い足取りでやって来た。

野郎……。

雲海坊は緊張した。

「おかよちゃん……」

縞の半纏を着た男は、おかよに呼び掛けた。

おかよは、怪訝に縞の半纏を着た男を見上げた。

「おっ母ちゃんが待っているよ。さあ、行こう」

縞の半纏を着た男は、優しげに笑いながらおかよに手を差し出した。

「おっ母ちゃんが……」

「ああ。さあ。おじちゃんが、おっ母ちゃんの処に連れて行ってやるよ」

縞の半纏を着た男は、おかよの手を摑もうとした。

おかよは、咄嗟に手を引いた。

赤い椿の花が大きな葉の上から飛び散った。

「さあ、一緒に来るんだよ」

縞の半纏を着た男は、おかよを摑まえようと手を伸ばした。

刹那、縞の半纏を着た男の伸ばした腕に錫杖《しゃくじょう》が打ち降ろされた。
錫杖の鐶《かん》が鳴った。
縞の半纏を着た男は、思わず短い悲鳴をあげて怯んだ。
「こらあ、お前は人攫《ひとさら》いか……」
雲海坊は、おかよを背後に庇って怒鳴った。
行き交う人々が振り返った。
呼子笛が甲高く鳴り響いた。
雲海坊は、辺りを見廻した。
幸吉が、物陰で呼子笛を吹き鳴らしていた。
幸吉は縞の半纏を着た男を追っている……。
雲海坊は気が付いた。
追っていなければ、姿を現わして駆け付けて来た筈だ。
縞の半纏を着た男は、鳴り響く呼子笛の音に狼狽えて身を翻した。
幸吉は、物陰から出て追った。
雲海坊は見送った。
「おかよ……」

おふみが、風呂敷包みを抱えて小走りに戻って来た。

「あっ、おっ母ちゃん……」

おかよは、おふみに駆け寄って抱き付いた。

雲海坊は、自分に目配せをして幸吉を足早に追って行く勇次に気付いた。

「人攫いが出たそうだけど、おかよは大丈夫だったかい」

おふみはおかよを心配した。

「うん。お坊さまが人攫いをやっつけてくれたよ」

おかよは、雲海坊を見上げながらおふみに告げた。

「それはそれは、危ない処をありがとうございました」

おふみは、雲海坊に深々と頭を下げて礼を述べた。

「いや。拙僧は怒鳴っただけだが、何はともあれ何事もなくて結構……」

雲海坊は笑った。


大川の流れは深緑色だった。

仙八は、雲海坊に打ち据えられた腕を押えて大川に架かる吾妻橋《あづまばし》に駆け寄った。

吾妻橋の袂には小泉竜一郎が佇《たたず》んでいた。

「小泉の旦那……」

仙八は、小泉に駆け寄った。

「失敗したようだな」

小泉は、嘲笑を浮かべた。

「ええ。薄汚ねえ糞坊主《くそぼうず》に邪魔をされちまいましてね。今度逢ったら只じゃあ置かねえ」

仙八は、打ち据えられた腕を摩《さす》りながら吐き棄てた。

「で、どうする気だ、仙八……」

小泉は、仙八の出方を窺った。

「何て云ったって二十両の仕事ですぜ。此のまま引っ込めますか……」

「よし。じゃあ、一杯やりながら手立てを考えるか……」

「ええ……」

小泉と仙八は、花川戸町に向かった。

幸吉は、物陰から見守った。

「兄貴……」

勇次が肩を並べた。

「おふみさんを尾行ていましてね」

「そうか。半纏の野郎は博奕打ちの仙八、着流しの侍は旗本の小泉竜一郎。強請りに集りの陸でなしだ」

幸吉は、先を行く仙八と小泉を示した。

「仙八ですか……」

「ああ……」

幸吉は頷いた。

「仙八の野郎、おかよちゃんを拐《かどわ》かそうとしたんですかい」

「雲海坊が傍にいるのにな」

幸吉は苦笑した。

仙八と小泉は、花川戸町の一膳飯屋の暖簾を潜った。

「どうします」

「雲海坊に邪魔されて此のまま引っ込む陸でなしじゃあないだろう。俺は此のまま見張る。勇次は、この事を雲海坊に報せて戻って来てくれ」

「承知……」

勇次は、浅草寺の境内に走り去った。

幸吉は手紙を書き、顔見知りの花川戸町の木戸番に柳橋の弥平次に届けるように頼んだ。

木戸番は、蔵前の通りを柳橋に走った。

幸吉は手配りを終え、仙八と小泉の入った一膳飯屋を見張った。

上野北大門町の小間物屋『伊勢屋』は、主の宗右衛門と後添えのおきぬ、先妻の倅《せがれ》で若旦那の文吉《ぶんきち》、そして奉公人たちがいた。

若旦那の文吉は、二十歳を過ぎた穏やかな若者であり、義母のおきぬとも上手くやっていた。

小間物屋『伊勢屋』に揉め事はなく、商売も繁盛している。

和馬は、聞き込みを続けて小間物屋『伊勢屋』の内情を見定めた。

おきぬは、平穏な暮らしの中でおふみやおかよの事を調べている。

何故だ……。

和馬の疑念は募った。

理由は、宗右衛門の後添えとして小間物屋『伊勢屋』に入る以前にあるかもしれない。
和馬は、おきぬの昔が気になった。
小間物屋『伊勢屋』に戻った和馬は、幸吉がいないのに気付いた。
何かがあって動いた……。
和馬は睨み、小間物屋『伊勢屋』の見張りを始めた。

浅草寺の境内には、既におふみとおかよ母子、雲海坊はいなかった。
勘助長屋に戻った……。
勇次は、浅草田町一丁目の勘助長屋に走った。
勘助長屋の木戸に雲海坊はいなかった。
おふみとおかよは家に帰らずに他の処に廻り、雲海坊は尾行ているのかもしれない。
勇次は、おふみの家の様子を窺った。
おふみの家の中から、おかよと雲海坊の笑い声が聞こえた。
雲海坊の兄貴……。

勇次は戸惑った。

「いやあ、御馳走になりましたな……」

勇次は、雲海坊の声に素早く身を翻した。

雲海坊が、おふみの家から出て来た。

「おかよ坊、知らぬ人に付いて行っては駄目だぞ」

雲海坊は、おふみと共に見送りに出て来たおかよに云い聞かせた。

「うん」

おかよは、元気に頷いた。

「おお、賢い、賢い。おふみさん。戸締まりはしっかりとな」

「はい。いろいろありがとうございました」

「ではな……」

雲海坊は、おふみの家から木戸に向かった。

おふみとおかよは見送った。

雲海坊は、勘助長屋を出た。

「雲海坊の兄貴……」

勇次が待っていた。

「おお、送って来て茶を御馳走になったぜ」

雲海坊は、楽しそうに笑った。

「そうですかい。それで、縞の半纏を着た野郎ですがね……」

勇次は、幸吉から聞いた話を報せた。

「博奕打ちの仙八と旗本の小泉竜一郎か……」

雲海坊は眉をひそめた。

「ええ。かなりの陸でなしだそうですぜ」

「よし。俺はこのまま此処を見張るぜ」

「はい……」

勇次は、雲海坊と別れて花川戸の幸吉の許に急いだ。

雲海坊は、おふみとおかよ母子を見張ると共に辺りを警戒した。


和馬は、小間物屋『伊勢屋』を見張り続けていた。

「和馬の旦那……」

柳橋の弥平次が、由松を従えてやって来た。

「やあ、親分……」

「幸吉から報せが来ましてね。此処は由松に任せて、こちらに……」

弥平次は、和馬を傍らの蕎麦屋に誘った。

「そうか、幸吉、おきぬ付きの女中を追って縞の半纏の野郎の素性を突き止めたか……」

和馬は酒を飲んだ。

「はい。縞の半纏の男は博奕打ちの仙八だそうです」

「博奕打ちの仙八か……」

「はい。で、仙八、小泉竜一郎って旗本と連んでおかよを拐かそうとしたとか……」

「おかよを拐かし……」

「はい……」

「旗本の小泉竜一郎か……」

和馬は、猪口を手にしたまま眉をひそめた。

「はい。で、旦那の方は……」

弥平次は、和馬に酌をした。

「うん。伊勢屋のおきぬをちょいと調べたんだが、後添えだったよ」

「後添え……」

「ああ。だが、生《な》さぬ仲の若旦那とも上手く行っていて平穏なものでな。おふみやおかよを調べているのは、後添えになる前のおきぬに拘わりありそうだ」

「後添えになる前ですか……」

「うん。ひょっとしたら、仙八のおかよ拐かしとの拘わりもな……」

和馬は読んだ。

「分かりました。おきぬが後添えになる前の事は、あっしと由松が探ってみます」

弥平次は告げた。

「そうか。じゃあ、俺は幸吉たちの処に行くぜ」

和馬は告げた。

「わかりました」

弥平次は頷いた。

何れにしろ、事はおかよの拐かし未遂になり、事件の様相を見せてきたのだ。

和馬は、浅草花川戸町にいる幸吉の許に向かった。

三

浅草花川戸町の一膳飯屋は、夕食時の前で客は少なかった。

仙八と小泉竜一郎は、店内の隅で酒を飲み続けていた。

幸吉と勇次は見張り続けた。

「幸吉、勇次……」

和馬は、黒紋付羽織を脱ぎ、浪人を装ってやって来た。

「和馬の旦那……」

「伊勢屋のおきぬは、親分と由松に任せて来た」

「そうですか……」

「で、仙八、何をしているんだ」

和馬は、一膳飯屋を眺めた。

「小泉竜一郎って旗本と酒を飲んでいますぜ」

「小泉竜一郎か……」

「きっと、おかよを拐かす次の手を相談しているんですぜ」

幸吉は読んだ。

「おふみの処には、雲海坊がいるのだな」

「はい。張り付いています」

「よし。仙八と小泉、次に動いたら必ずお縄にしてやる」

「はい」

幸吉は頷いた。

「それにしても、おかよを拐かす狙いは何ですかね」

勇次は首を捻った。

「仕立物で暮らしを立てている母親一人。身代金が狙いだとは思えないか……」

幸吉は眉をひそめた。

「ええ……」

勇次は頷いた。

「拐かしには、おそらく伊勢屋のお内儀のおきぬの昔が絡んでいる筈だ」

和馬は睨んだ。

「おきぬの昔ですか……」

幸吉は、厳しさを滲ませた。

「ああ。そいつも親分と由松が追ってくれている筈だ」

和馬は告げた。

陽は西に大きく傾き、行き交う人々の影を長く伸ばし始めた。


おきぬの昔……。

柳橋の弥平次は調べ始めた。

小間物屋『伊勢屋』のお内儀おきぬは、二年前に後添えに入る迄は大店の娘たちに礼儀作法や茶の湯を教えていた。

柳橋の弥平次は、手先の由松と手分けしておきぬが出入りしていた大店を探した。だが、おきぬが礼儀作法や茶の湯の師匠として出入りしていた大店は容易に見付からなかった。

日は暮れた。


一膳飯屋は軒行燈に火を灯した。

仙八と小泉竜一郎は、酒を飲み続けていた。

和馬、幸吉、勇次は、辛抱強く見張り続けた。

浅草寺の鐘が戌の刻五つ（午後八時）を告げた。

仙八と小泉は、漸く猪口を置いて一膳飯屋を出た。

「やっと出て来たか……」

和馬は吐き棄てた。

おふみとおかよの住む浅草田町一丁目の勘助長屋に行くのなら、花川戸町の通りを北にある山谷堀に行く。

和馬、幸吉、勇次は睨んだ。だが、仙八と小泉は、花川戸町の通りを北に進まず浅草広小路に出た。

「和馬の旦那……」

幸吉は戸惑った。

「おのれ、勘助長屋に行かぬ気だ」

和馬は睨んだ。

「ええ……」

幸吉は頷いた。

「どうします」

勇次は困惑した。

「奴らがどうするか見届けるしかあるまい」

和馬は、湧き上がる苛立ちを抑えた。

仙八と小泉は、夜の浅草広小路を抜けて下谷に進んだ。

和馬、幸吉、勇次は追った。


仙八と小泉は、新寺町《しんてらまち》から下谷広小路に出た。そして、湯島天神裏門坂道から切通しに向かった。

仙八は、切通しの入口で小泉と別れた。

小泉は、切通しに進んだ。

「どうします」

勇次は、幸吉に指示を仰いだ。

「小泉の屋敷は切通しの先の金助町だ。きっと屋敷に帰るんだろうが、見届けてくれ」

幸吉は指示した。

「承知……」

勇次は、暗がり伝いに小泉を追った。

和馬と幸吉は、仙八を尾行した。

仙八は、湯島天神坂下町に進んで女坂の下にある古い小さな飲み屋の横の狭い路地に入って行った。

和馬と幸吉は見届けた。

「どうします」

幸吉は眉をひそめた。

「此処迄来たら見定める」

和馬は、仙八を追って狭い路地に入った。

幸吉は続いた。


狭い路地は、古い小さな飲み屋の裏庭に続いていた。

狭くて暗い裏庭には納屋があり、明かりが灯された。

仙八が帰り、明かりを灯した……。

和馬と幸吉は睨んだ。

「仙八の住処《すみか》だな」

「ええ……」

和馬と幸吉は見定め、古い小さな飲み屋の狭い裏庭を出た。

今夜はもう動かない……。

和馬と幸吉は、仙八の長い見張りを解いた。

古い小さな飲み屋からは、男と女の卑猥《ひわい》な笑い声が響いていた。


久蔵は、和馬の報告を受けた。

「して和馬は、仙八のおかよ拐かしに伊勢屋のお内儀、おきぬの昔が拘わっているると睨んでいるのだな」

久蔵は、和馬の睨みを問い質した。

「はい。それで、おきぬが伊勢屋宗右衛門の後添えに入る迄の昔は、今、柳橋の親分たちが追ってくれています」

和馬は告げた。

「うむ。で、仙八は小泉竜一郎って旗本と連んでいるのか……」

「はい。幸吉や勇次と見張っているんですが、仙八と小泉、臆病と云うか中々慎重な奴らでしてね」

和馬は、微かな苛立ちを滲ませた。

「ま、急《せ》いては事を仕損ずるだ。焦らずにやるんだな」

久蔵は苦笑した。

「はい。心得ております」

「して、おふみとおかよは……」

「雲海坊が張り付いています」

「そうか……」

久蔵は頷いた。


浜町堀《はまちょうぼり》には荷船が行き交っていた。

弥平次と由松は、伝手《つて》や噂を辿《たど》って元浜町《もとはまちょう》の扇問屋を訪れた。

「おきぬさんですか……」

扇問屋の番頭は、弥平次に聞き返した。

「はい。昔、こちらのお嬢さまに礼儀作法を教えに来ていたと聞きましたが、本当でしょうか……」

「はい。本当ですが……」

番頭は、弥平次に怪訝な眼を向けた。

「親分……」

由松は、微かな安堵を過ぎらせた。

「うん……」

弥平次と由松は、漸く小間物屋『伊勢屋』宗右衛門の後添えになる前のおきぬを知る者に辿り着いた。

「親分さん、おきぬさんが何か……」

番頭は、戸惑いを浮かべた。

「いえ。大した事じゃあないのですが、ちょいと知りたい事がありましてね」

弥平次は、事を大袈裟《おおげさ》にしないで聞き込もうとした。

「そうですか。じゃあ、此処ではなんですので、どうぞお上がり下さい」

番頭は、弥平次と由松を帳場の隣りの座敷に誘った。

「御造作をお掛け致します」

弥平次と由松は、座敷に上がった。

「で、どのような……」

番頭は、弥平次に尋ねた。

「おきぬさん、礼儀作法を教えていたそうですが、出は……」

「御武家さまにございますが……」

番頭は、弥平次に探るような眼を向けた。

「御武家……」

「はい。御家人のお嬢さまで御大身《たいしん》のお旗本の御屋敷で行儀見習をしたと……」

おきぬは御家人の娘……。

弥平次と由松は知った。

「そうでしたか。で、お父上さまの名前は御存知ですか……」

「苗字は北村《きたむら》だと聞きましたが、お父上さまの名前迄は……」

番頭は首を捻った。

「御存知ありませんか……」

「はい……」

「あの、おきぬさん、お嬢さまに礼儀作法を教えに来ていた時、何処に住んでいたのか分かりますか……」

由松は訊いた。

「確か、鎌倉町《かまくらちょう》の稲荷《いなり》長屋だったと思いますが……」

「鎌倉町の稲荷長屋ですか……」

由松は戸惑った。

「はっきりしませんが……」

番頭は、自信なさげに頷いた。

「ですが、おきぬさんは御家人の娘、長屋に住んでいるとは……」

弥平次は眉をひそめた。

「親分さんの仰る通りですが、その辺の事は良く分かりません」

番頭は、困惑を浮かべた。

「そうですか……」

「親分さん、手前共が知っているのはそのぐらいにございます」

番頭は、作り笑いを浮かべた。

潮時だ……。

「いや、御造作をお掛けしました。お陰さまで助かりました」

弥平次は、番頭に礼を述べた。

弥平次と由松は、番頭に見送られて扇問屋を出た。

「鎌倉町の稲荷長屋に行きますか……」

由松は、弥平次に尋ねた。

「由松、御家人の娘が町方の長屋に住んでいたのが気になる。ちょいと秋山さまの処に行ってみるよ」

「じゃあ、あっしは先に稲荷長屋に行っています」

「うん……」

弥平次と由松は二手に別れた。

南町奉行所の中庭の椿の木には、真っ赤な花が幾つも咲いていた。

弥平次は、用部屋の隅に座って久蔵の戻るのを待っていた。

「待たせたな、柳橋の……」

久蔵は、書類を手にして戻って来た。

「いえ。急なお願い事。申し訳ありません」

弥平次は詫びた。

「余計な心配はするな。で、分かったぜ」

久蔵は、手にしていた書類を示した。

「分かりましたか……」

「ああ。おきぬの父親は北村左内《さない》と云ってな、百五十石取りの御家人で七年前に急な病で死んでいたぜ」

久蔵は、書類を見ながら告げた。

「死んでいた……」

弥平次は眉をひそめた。

「ああ。それで一人娘のきぬが婿養子を迎えて北村家を継いだのだが、一年後に婿養子が酒に酔って浪人と喧嘩になり、斬られて死に、御家人北村家は取り潰《つぶ》されている」

久蔵は、書類を閉じて机に置いた。

「お取り潰しですか……」

「ああ。それで、おきぬは町方の長屋に越したんだろうな」

久蔵は読んだ。

「ええ……」

弥平次は頷いた。

「そして、町方の娘に礼儀作法を教えている内に伊勢屋の宗右衛門に見初められて後添えになった」

「きっと……」

弥平次は、久蔵の睨みに頷いた。

「おふみやおかよとの拘わりは、その間の何処かにあるか……」

久蔵は、小さな笑みを浮かべた。

「はい。で、秋山さま、御家人北村家の御屋敷は何処にあったのですか……」

「北村の屋敷か……」

久蔵は、机に置いた書類を手に取って捲った。

「本所割下水《わりげすい》、御竹蔵《おたけぐら》の裏だ」

「分かりました。お忙しい処、ありがとうございました。じゃあ……」

「うむ。気を付けてな」

「はい」

弥平次は、南町奉行所を出て鎌倉町の稲荷長屋に急いだ。

「おきぬとおふみか……」

久蔵は、己が斬り棄てた香川弥十郎の妻のおふみを思い出した。

長屋の木戸の傍には、通称の元になった小さな稲荷堂があった。

由松は、井戸端にいた初老のおかみさんに小粒を握らせた。

「おきぬさんかい……」

おかみさんは、小粒を胸元に入れて愛想笑いを浮かべた。

「ああ。此処に住んでいた時は、どんな風だったかな」

「どんな風って、御武家の奥さまだったのに偉そうにせず、一生懸命に仕事をしてさ。私たちとも気楽に話して好い人だったよ」

おかみさんは、懐かしげに眼を細めた。

「好い人ねえ……」

「ああ。だから、大店の旦那に見初められて何の不自由もない後添えの奥さまになった。良かったよねえ」

「えっ、ええ。処でおきぬさん、大店の後添えになる迄、この稲荷長屋にどのぐらい住んでいたんですかね」

「そうねえ、二年前に後添えになって出て行ったんだから、三年ぐらいだったかねえ……」

「三年ぐらいとなると、五年前にこの稲荷長屋に越して来たんですね」

「そうなるねえ」

「何処から越して来たのか分かりますか」

「さあ、何処だったかしら……」

おかみさんは首を捻った。

「そうですか、分かりませんか……」

由松は眉をひそめた。


山谷堀は緩やかに流れていた。

おふみは、おかよの手を引いて山谷堀沿いの日本堤《にほんづつみ》を三ノ輪町《みのわちよう》に向かった。

雲海坊は、日本堤の下の草むらに隠れるようにして尾行た。

おかよは、おふみと手を繋いで楽しげに飛び跳ねて歩いていた。

何処に行くのだ……。

雲海坊は追った。


鎌倉河岸は、既に荷積み荷卸しも終わって閑散としていた。

弥平次は、鎌倉河岸に由松がいるのに気付いた。

「由松……」

「親分……」

由松は、弥平次を迎えた。

「待たせたな」

「いえ。丁度、稲荷長屋のおかみさんにいろいろ聞いた後でして……」

「そうか。で……」

弥平次は、由松を促した。

「はい。おきぬは五年前に越して来て二年前に伊勢屋の後添えになる迄、稲荷長屋で暮らしていましたよ」

「五年前に越して来た……」

弥平次は眉をひそめた。

「はい。どうかしましたか……」

「うん。おきぬは七年前に父親を亡くし、その一年後に婿養子にも死なれ、実家は取り潰しになり、本所の屋敷を出ているんだよ」

「六年前から五年前ですか……」

由松は戸惑った。

「ああ……」

弥平次は、厳しさを過ぎらせた。

おきぬは、六年前に北村家が取り潰しになって本所の屋敷を出た。そして、五年前に鎌倉町の稲荷長屋に越して来た。

その間、何処で何をしていたのだ……。

弥平次に新たな疑念が湧いた。

四

小さな古い飲み屋は、陽差しを浴びて汚れ果てた様相を露にしていた。

路地から出て来た仙八は、辺りを見廻して女坂を駆け上がった。

「仙八の野郎、漸くお出ましだぜ」

和馬は、腹立たしげに睨み付けた。

「さあて、何処に行くのか……」

幸吉は、仙八を追って女坂を上がった。

和馬と勇次が続いた。

湯島天神境内は参拝客で賑わっていた。

仙八は、本殿に手を合わせもせずに境内を抜け、参道に向かった。

参道の茶店では、着流し姿の小泉竜一郎が縁台に腰掛けて茶を飲んでいた。

仙八は、小泉の隣りに腰掛けた。

和馬、幸吉、勇次は、物陰から見守った。

仙八と小泉は、茶を飲みながら何事かを話し、茶店を出た。

和馬、幸吉、勇次は追った。

仙八と小泉は、湯島天神を出て中坂を明神下の通りに向かった。


神田川には荷船が行き交っていた。

仙八と小泉は、神田川沿いの道を和泉橋に向かった。

「何処に行くのかな……」

和馬は眉をひそめた。

浅草寺や浅草田町一丁目の勘助長屋に行くには遠回りの道筋だ。

「船を使う気かな……」

勇次は呟《つぶや》いた。

勘助長屋の裏は日本堤であり、山谷堀が流れている。

「うん。勇次、笹舟に走り、猪牙《ちょき》を仕度しろ」

幸吉は、勇次の呟きに頷いた。

船宿『笹舟』は、神田川沿いの道の先の柳橋にあって遠くはない。

「承知……」

勇次は、裏通りに駆け込んだ。

仙八と小泉は、和泉橋の袂を抜けて新シ橋《あたらばし》に向かった。


古寺の墓地の隅にある椿の木には、赤い花が咲き乱れていた。

古い墓石には線香が手向《たむ》けられ、紫煙が揺れながら立ち昇っていた。

おふみは、古い墓石に手を合わせた。

おかよは、落ちた椿の花を拾って来ては供え、小さな手を合わせていた。

古い墓石には、誰の名も戒名も刻まれてはいなかった。そして、隣りには一尺程の石がやはり墓石のように置かれていた。

おふみは、手を合わせ続けていた。

おかよは、椿の赤い花を拾っては古い墓石と一尺程の石の周りに飾っていた。

誰の墓だ……。

雲海坊は見守った。

「おふみか……」

雲海坊は、背後からの声に振り返った。

塗笠を目深に被った久蔵がいた。

「秋山さま……」

雲海坊は戸惑った。

「あの女がおふみだな」

久蔵は、墓に手を合わせているおふみを見詰めた。

「はい。女の子がおかよですが、秋山さま……」

雲海坊は、久蔵が現れたのが腑に落ちなかった。

「俺が斬った香川の墓だ……」

「おふみの亭主の……」

「ああ。香川弥十郎の墓だ」

「そうでしたか……」

雲海坊は、おふみが手を合わせる墓が久蔵に斬り棄てられた香川弥十郎のものだと知った。そして、久蔵が香川の墓を秘かに訪れていたのに気が付いた。

「秋山さま、あの隣りの石は……」

「墓石のようだが、分からぬ……」

久蔵は眉をひそめ、墓に手を合わせるおふみと赤い椿の花を飾るおかよを見守った。


本所御竹蔵は公儀の材木蔵だが、米蔵としても使われていた。

弥平次と由松は、大川に架かる両国橋を渡り、御竹蔵の東側にある本所割下水の組屋敷街を訪れた。

おきぬの実家である北村屋敷は南割下水の傍にあったが、既に他の御家人が住んでいる。

「此処を六年前に出て、五年前に鎌倉町の稲荷長屋に現れる迄の間、何処で何をしていたかですね」

「うむ。先ずは此処から何処に行ったかだ」

「はい……」

弥平次と由松は、一刻後に落ち合う場所を決めて周辺で聞き込みを開始した。

仙八と小泉竜一郎は、神田川に架かる新シ橋の袂の船宿を訪れた。

「やっぱり船だな」

和馬は睨んだ。

「はい」

幸吉は、仙八と小泉が船宿から出て来るのを待った。

仙八と小泉は、若い船頭と共に船宿から出て来て船着場に向かった。

「紋次《もんじ》の奴か……」

幸吉は舌打ちした。

「船頭か……」

「はい。博奕好きの半端な野郎でしてね。仙八と馴染《なじみ》なんでしょう」

幸吉は睨んだ。

紋次は、仙八と小泉を乗せた猪牙舟を大川に向けて漕《こ》ぎ出した。

「和馬の旦那、笹舟迄走ります」

幸吉と和馬は裏通りに入り、船宿『笹舟』に向かって走った。

「心得た」

弥平次は、北村屋敷の界隈《かいわい》の屋敷に古くから奉公している下男や女中を捜した。

北村屋敷と背中合わせの屋敷の老下男が、北村家の事を覚えていた。

「北村左内さま、急な病であっと云う間にお亡くなりになられまして。驚きましたよ」

「それで、娘のおきぬさまが急いで婿養子を取られたんですね」

「ええ。そいつが又、酔っ払って喧嘩して斬られちまって、北村家はお取り潰し、界隈じゃあ役立たずの婿養子と笑い者になってね」

「役立たずの婿養子ですか……」

「ええ。お気の毒だったのはおきぬさまですよ。お家の為に急いで迎えた婿養子に一年ばかりで死なれたんですからねえ。おきぬさまもそれから病がちになられ、寝たり起きたりされて……」

「おきぬさまが病がちに……」

弥平次は眉をひそめた。

「そうしている内に北村家はお取り潰しになりましたよ」

「で、おきぬさまは出て行きましたか……」

「ええ。お気の毒でしたよ」

老下男は、おきぬに同情した。

「おきぬさま、何処に行かれたか知っていますか……」

「さあ、そこ迄は知りませんねえ」

老下男は首を捻った。

「そうですか……」

弥平次は、秘かに吐息を洩らした。

由松は、南割下水の堀端にいた弥平次に駆け寄った。

「親分……」

「おう。どうだった……」

「はい。米屋や酒屋、北村屋敷に出入りをしていた商人に聞き廻ったんですがね。おきぬ、何処でも評判は良かったですよ。それで親分、おきぬの屋敷に出入りしていた女髪結に聞いたんですがね。北村家が取り潰しになり、おきぬが屋敷を出る頃、どうも身籠《みご》もっていたんじゃあないかと……」

「身籠もっていた……」

弥平次は戸惑った。

「はい……」

由松は頷いた。

「そうか……」

弥平次は、老下男がおきぬが病がちになっていたと云ったのを思い出した。

おきぬの病とは、身籠もった為の悪阻《つわり》だったのかもしれない。

弥平次は気付いた。

「ま、本当かどうか、はっきりしませんがね」

由松は眉をひそめた。

「いや。身籠もったのは間違いないだろう」

弥平次は、老下男の言葉を教えた。

「成る程。じゃあ、間違いなさそうですね」

「うん。で、おきぬが屋敷を出て何処に行ったのかは……」

「そいつは、どうにも……」

由松は、首を横に振った。

「分からないか……」

「はい」

「そうか……」

六年前、おきぬが屋敷を出て何処に行ったのかは、突き止められなかった。だが、子を身籠もっていたのは分かった。

「親分、おきぬに実の子はいませんよね」

「ああ。義理の倅の文吉がいるだけだ」

「じゃあ、どうしたんですかね。その時に身籠もっていた子は……」

「流産したか、産んで里子に出したか……」

弥平次は読んだ。


大川に寒風が吹き抜けた。

紋次の猪牙舟は、仙八と小泉竜一郎を乗せて神田川から大川に出て遡《さかのぼ》った。

勇次は、猪牙舟に和馬と幸吉を乗せて巧みに追った。

大川を遡った紋次の操る猪牙舟は、吾妻橋を潜って尚も進んだ。

「野郎共、やはり山谷堀に行く気ですぜ」

幸吉は苦笑した。

「ああ……」

和馬は頷いた。

紋次の操る猪牙舟は、山谷堀に入り今戸《いまど》橋《ばし》と山谷橋を潜って船着場に船縁《ふなべり》を寄せた。

仙八と小泉は、紋次の猪牙舟を降りて日本堤にあがった。

勘助長屋は、夕食作り前の静けさに覆われていた。

おふみは、おかよと共に買い物をして帰って来た。

久蔵と雲海坊は見届けた。

「後はあっしが見張ります。秋山さまはどうぞお引き取り下さい」

「いや。もう少し付き合うぜ」

勇次が、小走りにやって来た。

「おう。勇次……」

雲海坊は呼び止めた。

「雲海坊の兄貴、秋山さま……」

勇次は、久蔵に挨拶をした。

「して、どうした」

「はい。仙八と小泉がやって来ます」

勇次は、緊張した面持ちで告げた。

「幸吉っつぁんはどうした」

「和馬の旦那と仙八たちを追って来ます」

「秋山さま……」

雲海坊は、久蔵に指示を仰いだ。

「よし……」

久蔵は苦笑した。


仙八と小泉竜一郎は、勘助長屋に向かっている……。

和馬と幸吉は追った。

「野郎共、おかよを攫うつもりだな」

和馬は睨んだ。

「ええ。紋次の猪牙で連れ去る気ですぜ」

「おのれ、そうはさせるか……」

「ええ。勘助長屋には雲海坊と先廻りした勇次が待ち構えていますぜ」

「容赦はいらない。叩きのめしてお縄にしてくれる」

和馬は勇み立った。

仙八と小泉は、勘助長屋の木戸を潜った。

和馬と幸吉は走った。


仙八と小泉は、勘助長屋の木戸を潜っておふみの家に進んだ。

井戸端には誰もいなかった。

仙八と小泉は、おふみの家の腰高障子を開けて踏み込んだ。

次の瞬間、男たちの怒号があがり、仙八と小泉が飛び出して来た。

雲海坊と勇次が追って現れた。

「何だ、お前たち、おかよ坊を拐かす気か」

雲海坊は怒鳴った。

仙八と小泉は怯んだ。

和馬と幸吉が木戸から入って来た。

仙八と小泉は、取り囲まれた。

「博奕打ちの仙八、小泉竜一郎、南町奉行所だ。神妙にお縄を受けろ」

和馬は、十手を翳して告げた。

「黙れ。俺は旗本、町奉行所の咎めを受ける謂《いわ》れはない」

小泉は言い返した。

「面白い。だったら俺も只の御家人として斬り合うぜ」

和馬は十手を懐に仕舞い、刀の柄を握って抜き打ちの構えを取った。

「こ、小泉の旦那……」

「おのれ……」

小泉は、和馬に斬り掛かった。

和馬は、小泉の刀を弾き飛ばして躱《かわ》した。

小泉は、そのまま木戸に走って逃げようとした。

「待て……」

和馬は慌てた。

刹那、木戸を出た小泉が、激しく地面に叩き付けられた。

久蔵が現れた。

「秋山さま……」

和馬と幸吉は戸惑った。

「幸吉、さっさとお縄にしな」

久蔵は、苦しく呻いて蹲いている小泉を嘲笑した。

「はい」

幸吉は、小泉に手早く縄を打った。

「仙八……」

和馬は、立ち尽くしている仙八に向かった。

雲海坊と勇次も仙八に迫った。

「来るな、来るな……」

仙八は、追い詰められて震えながら匕首《あいくち》を抜いた。

「馬鹿野郎」

雲海坊は、錫杖を唸らせた。

仙八は、殴られてよろめいた。

勇次は、仙八に飛び掛かり、匕首を奪い取った。そして、押し倒し、馬乗りになって縄を打った。

「秋山さま……」

「和馬、二人を大番屋に叩き込め」

「はい……」

和馬、幸吉、勇次は、小泉と仙八を乱暴に引き立てた。

長屋のおかみさんたちが顔を出し、眉をひそめて囁き合った。

久蔵は、家の戸口に佇むおふみに気付いた。

おふみは、おかよの手を握り締めて久蔵を見詰めていた。

「おふみか……」

「はい……」

おふみは、怯えたように頷いた。

「私は南町奉行所の秋山久蔵だ」

久蔵は名乗った。

「あ、秋山久蔵さま……」

おふみは驚いた。

秋山久蔵は夫の香川弥十郎を斬った南町奉行所の与力……。

「無事で何よりだ。訊きたい事があれば、雲海坊に何でも訊くが良い」

久蔵は、おふみに微笑み掛けた。

おふみは、言葉もなく久蔵を見詰めた。

「頼んだぜ、雲海坊」

「はい……」

雲海坊は頷いた。

「じゃあな……」

久蔵は踵を返した。

おふみは、おかよの手を握り締めて立ち尽くした。

勘助長屋に西陽が差し込んだ。


南町奉行所には弥平次が待っていた。

久蔵は、弥平次を用部屋に通し、小者に行燈に火を灯させた。

「で、おきぬの昔、何か分かったかい」

「はい……」

弥平次は、分かった事を久蔵に報せた。

「そうか、おきぬは身籠もっていた……」

久蔵は眉をひそめた。

「はい」

「して、身籠もった子はどうした」

「そいつが分からないんです」

「分からない……」

「はい」

「ならば、もしその時に生まれたとしたら……」

「六年前に身籠もり、翌年に生まれたとしたら、六歳になりますか……」

「おかよは六歳だったな」

「はい。香川弥十郎が秋山さまに斬られた年に生まれた筈ですから……」

「うむ」

久蔵は、厳しい面持ちで頷いた。

「秋山さま、まさか……」

弥平次は眉をひそめた。

「ああ。柳橋の、こいつはひょっとしたらひょっとするぜ」

久蔵は、小さな笑みを浮かべた。

「秋山さま……」

和馬がやって来た。

「どうした」

「御免……」

和馬が入って来た。

「仙八のおかよ拐かしは、伊勢屋のお内儀付きの女中のおとみに誘われての所業でした」

「お内儀付きの女中のおとみ……」

「はい。おとみがおかよを拐かしておきぬを脅せば、少なくても二十両にはなると云ったそうです」

和馬は告げた。

「よし、和馬。明日、おとみをお縄にしろ」

久蔵は命じた。

小間物屋『伊勢屋』は、既に店を開けて客が出入りしていた。

和馬は、仙八の名を使ってお内儀付きの女中のおとみを不忍池の畔に呼び出した。

おとみは、怪訝な面持ちで不忍池に急いだ。

和馬、幸吉、由松、勇次がおとみを取り囲んで追った。

不忍池の畔に仙八はいなかった。

おとみは戸惑った。

「やあ、おとみ……」

和馬、幸吉、由松、勇次は囲みを縮めた。

おとみは立ち竦《すく》んだ。

「仙八、何もかも吐いたぜ」

和馬は厳しく告げた。

「そうですか……」

おとみは、取り乱しもせずに不貞不貞《ふてぶて》しい笑みを浮かべた。

小間物屋『伊勢屋』の奥座敷には、店や下谷広小路の賑わいは届いていなかった。

久蔵は、出された茶を飲んで中庭を眺めた。

中庭には椿の木があり、幾つもの赤い花が咲いていた。

「お待たせ致しました」

伊勢屋宗右衛門は、お内儀のおきぬを伴って奥座敷に入って来た。

「南町奉行所の秋山久蔵さまにございますか、手前が伊勢屋の主の宗右衛門、内儀のきぬにございます」

宗右衛門とおきぬは、久蔵に挨拶をした。

「秋山久蔵だ。今日はちょいとお内儀に訊きたい事があって邪魔をしたよ」

久蔵は、おきぬに笑い掛けた。

「は、はい……」

おきぬは、微かな怯えを過ぎらせた。

「秋山さま、おきぬが何か……」

宗右衛門は白髪眉をひそめた。

「うむ。宗右衛門、おきぬは後添えだと聞いたが……」

「はい。大店の娘さんたちに礼儀作法を教えているのを私が見初めて……」

「ならば、おきぬのそれ迄の事は……」

久蔵は、宗右衛門を見詰めた。

「勿論、御家人のお父上さまがお亡くなりになり、急ぎ貰った婿養子の夫も一年後に無念の死を遂げ、北村の家はお取り潰しとなり身籠っていた子を流産したと……」

宗右衛門は、何もかも知っていた。それは、おきぬと宗右衛門の夫婦仲の良い事を教えてくれるものだった。

「そうか、身籠っていた子は流産したか……」

「はい……」

おきぬは頷いた。

「ならば、何故に女中のおとみは、仙八と云う博奕打ちにおかよと申す幼子を拐かし、おきぬを脅せば、金になると唆《そそのか》したのかな」

久蔵は、おきぬを見据えて告げた。

「あ、秋山さま……」

おきぬは驚いた。

「おとみは今頃、お縄になっている」

久蔵は静かに告げた。

「おとみが……」

宗右衛門は戸惑った。

「ああ……」

「お、おきぬ……」

宗右衛門は、おきぬに困惑した眼を向けた。

「申し訳ございません」

おきぬは、宗右衛門に頭を下げた。

「どう云う事です、おきぬ……」

「六年前、北村の実家がお取り潰しになった時、私は身籠った子を流産しなかったのでございます」

「流産しなかった……」

宗右衛門は混乱した。

「して翌年、子を産んだのだな」

「はい。亡くなった父が懇意にしていたお寺の家作《かさく》でどうにか産みました。ですが、赤子を抱いての暮らしは厳しく辛く、どうにもならなくなった私は、赤子を道連れに神田川に身投げをしようとしました。その時……」

おきぬは、嗚咽《おえつ》を洩らした。

「おふみに出逢ったか……」

久蔵は読んだ。

「はい。おふみさんは私の身投げを止めてくれて、赤子が邪魔なら自分が預かる。自分は流産したばかりで、預けてくれれば立派に育てると仰ってくれて……」

「おふみに預けたか……」

「はい……」

おきぬは、零《こぼ》れる涙を拭《ぬぐ》いながら頷いた。

久蔵は、香川弥十郎の墓の隣りにあった小さな墓石を思い出した。

おふみが流産した子の墓……。

久蔵は気付いた。

「秋山さま、おふみさんとは……」

宗右衛門は、久蔵に訊いた。

「浪人の女房でな。五年前に亭主を亡くし、仕立物や料理屋の手伝いをして暮らしを立てている女だ」

「おきぬは、そのおふみさんに赤ん坊を……」

「うむ。おふみは、おきぬから預かった赤子をおかよと名付け、我が子として立派に育てている。おきぬ、お前さん、それを知って一目逢いたいと、おふみとおかよの住む町に行ったな」

「はい。ですが、私はおかよを棄てたのです。おふみさんに押し付けた母親。酷《ひど》い母親なのです。逢える資格のない女なのです」

「それで、逢うのを諦めたか……」

久蔵は、己を責めるおきぬを哀れんだ。

「はい。おかよはおふみさんに可愛がられて無事に大きくなっている。それだけでありがたいと……」

「女中のおとみは、そんなお前さんの気持ちを知り、おかよを拐かしてお前さんを脅せば金になると読み、仙八と云う博奕打ちを拐かしに誘った」

「おかよは、それでおかよは無事なのでございますか……」

おきぬは、必死な面持ちで久蔵を見詰めた。

「ああ。仙八たちは昨日、お縄にした。安心しな」

「ありがとうございます」

おきぬは、久蔵に深々と頭を下げた。

「なあに、礼には及ばない。こっちもお前さんが事の真相を素直に話してくれたので、いろいろ助かったぜ」

「あ、秋山さま……」

おきぬは、戸惑いを浮かべた。

「秋山さま、おきぬにお上のお咎めは……」

「宗右衛門、おきぬにお咎めなんぞ、ある筈はねえ」

久蔵は笑った。

「忝のう存じます」

宗右衛門は、久蔵に頭を下げた。

「おきぬ、これからは親類のおばちゃんとでも云って、時々おかよの顔を見に行くんだな。尤《もっと》も、おふみが良いと云ってくれての話だがな」

「ですが私は……」

おきぬは躊躇った。

「分かりました。秋山さま、おふみさんとおかよは、この伊勢屋宗右衛門が決して悪いようには致しません。お任せ下さい」

「うむ。宗右衛門、宜しく頼んだぜ」

「おきぬ、宗右衛門に対して隠し事がなくなりゃあ、もう脅される事もねえだろう」

「はい……」

おきぬと宗右衛門は、久蔵の心遣いに深く感謝した。

「秋山さま……」

「じゃあ、邪魔したな」

久蔵は立ち上がった。

おとみは、和馬の厳しい責めに何もかも吐いた。

おかよ拐かしは、久蔵の読みの通りだった。

久蔵は、おとみ、仙八、小泉竜一郎を厳しく仕置した。

「それで、おふみは何か云っていたかい……」

久蔵は、雲海坊に尋ねた。

「はい。秋山さまに呉々も宜しくと、礼を云っておりました」

雲海坊は告げた。

「他には……」

「それだけです」

「それだけか……」

久蔵は眉をひそめた。

「はい……」

雲海坊は頷いた。

おふみは、夫の香川弥十郎を斬った久蔵に恨み言の一つも云わず、礼を云った。

おふみは、今のおかよとの暮らしを大事にして生きている……。

久蔵は、おふみとおかよの幸せを願った。

冬の椿は色鮮やかに咲き誇っていた……。

第三話

木戸番

一

弥生《やよい》――三月。

三月三日の雛祭《ひなまつ》りが過ぎると、江戸は花見の季節になる。

桃や桜、躑躅《つつじ》などの花が咲き揃い、冷たい水も少しずつ温《ぬる》み始める。

本所竪川《たてかわ》に架かる一つ目之橋の北詰の道を北に進むと国豊山回向院《こくほうざんえこういん》があり、南本所横網町《よこあみちょう》があった。

横網町は、伊勢国津藩と陸奥国弘前藩《むつのくにひろさきはん》の江戸下屋敷の東隣りにあり、大川端には飛び地があった。そして、北隣りには蝦夷《えぞ》地福山藩江戸上屋敷があり、公儀の材木蔵である御竹蔵がある。

「火の要心……」

横網町の夜空には、夜廻りをする木戸番の声と拍子木の甲高い音が響き渡っていた。

横網町の木戸番の喜十《きじゆう》は、手拭の頬被りで白髪頭を包み、腰に提灯《ちようちん》を下げて町内を見廻った。

「火の要心……」

喜十は、嗄れ声で叫び、拍子木を打ち鳴らしながら見廻った。そして、路地に眼を配りながら裏通りを進み、弘前藩と福山藩の江戸屋敷の間の通りを抜けて大川端の横網町の飛び地に向かった。

大川の流れは月明かりに輝いていた。

木戸番の喜十は、大川端の道に出た。そして、拍子木を叩こうとした時、行く手に人影が動いて刀の煌めきが走った。

喜十は戸惑った。

次の瞬間、提灯を飛ばして仰《の》け反《ぞ》った男の影が、微かな呻き声をあげて崩れた。

辻斬り……。

喜十は凍て付いた。

飛ばされた提灯が、地面に落ちて燃え上がった。

辻斬りは、倒れた男の懐を探った。

金目当ての辻強盗……。
喜十は知った。
辻強盗は喜十に気付き、抜き身を握り締めたまま猛然と駆け寄った。
若い武士……。
喜十は、猛然と駆け寄って来る辻強盗を見定めようとした。
辻強盗は、喜十に斬り付けた。
喜十は咄嗟に躱し、手にしていた拍子木で辻強盗を打ち据えた。
辻強盗は、左肩を厳しく打ち据えられてよろめいた。
「おのれ、まさか……」
辻強盗は何かに気付き、喜十に向かって刀を振り廻した。
喜十は、躱しながら後退した。
辻強盗は、怒り任せに大きく斬り付けた。
喜十は、鋭く踏み込んで辻強盗の脇差を奪った。
辻強盗は狼狽えた。
刹那、喜十は奪い取った脇差を辻強盗の腹に突き刺した。
「お、おのれは……」

辻強盗は眼を瞠った。
喜十は、遮るように脇差を押し込んだ。
辻強盗は仰け反った。
喜十は、辻強盗をそのまま川岸に押し、脇差を突き刺したまま大川に突き落とした。
水飛沫《みずしぶき》があがり、月明かりに煌めいた。
喜十は、辻強盗が流されて行くのを見定め、襲われた男の許に走った。
倒れていた男は、羽織を着た中年のお店者《たなもの》だった。
「おい……」
喜十は、中年のお店者の様子を見た。
中年のお店者は、背中を袈裟《けさ》懸《が》けに斬られていながらも微かに呻いていた。
「しっかりしろ……」
喜十は、中年のお店者を担ぎあげて医者の許に走った。
大川に架かる両国橋は両国広小路と本所を結び、大勢の人が行き交っていた。
南町奉行所定町廻り同心の神崎和馬は、八丁堀の組屋敷に報せに来た幸吉と共に両国橋を渡り、本所に入った。

「それで、辻強盗に斬られたのは、本所元町《もとまち》の瀬戸物屋の主だったのか……」

「はい。彦兵衛《ひこべえ》と云いましてね。石原町《いしわらちょう》に住んでいる碁敵《ごがたき》の家から帰る途中で、どうにか命は取り留めるそうです」

幸吉は、和馬を誘って伊勢国津藩江戸下屋敷の横手を抜けて大川端に出た。そして、大川端沿いを進み、陸奥国弘前藩江戸下屋敷の門前を通って横網町の飛び地に入った。

岡っ引の柳橋の弥平次が、由松や勇次と大川端を調べていた。

「親分……」

幸吉は、弥平次に駆け寄った。

「御苦労さん。和馬の旦那……」

弥平次は、幸吉を労《ねぎら》って和馬に挨拶をした。

「どうかな親分……」

「ええ。此処で辻強盗に襲われ、金を奪われたようですね」

弥平次は、どす黒い血の痕《あと》のある地面を示した。

「で、辻強盗は……」

「そいつが木戸番の喜十さんが駆け付けたのが、丁度逃げた時でしてね。後ろ姿や身のこなしから見て若い侍のようだったと……」

「若い侍か……」

「遊ぶ金が欲しさの辻強盗ですかね」

幸吉は睨んだ。

「きっとな……」

近くには割下水の旗本御家人の組屋敷があり、何かと悪い噂のある若侍もいる。

「で、ちょいと妙な事がありましてね」

弥平次は眉をひそめた。

「妙な事……」

「ええ、こちらに……」

弥平次は、現場から離れた大川端にいる由松の処に和馬を誘った。

「こいつを見て下さい」

弥平次は、由松のいる処の地面のどす黒く変色した血の痕を示した。

「血の痕か……」

和馬は眉をひそめた。

「ええ……」

弥平次は頷いた。

「乾き具合から見て、向こうのと同じ昨夜のもののようですね」

由松は告げた。

「血の痕が二ヶ所、あるのか……」

「ええ。どう云う事ですかね」

「彦兵衛、先ず此処で斬られ、あそこに逃れて再び斬られたのかもな……」

和馬は読んだ。

「成る程、そうか……」

弥平次は、和馬の読みに頷いた。

「ま、いずれ彦兵衛に訊けば分かるだろう」

彦兵衛は、命を取り留めたが未だ意識を失ったままだった。

「はい」

「で、辻強盗の若い侍に拘わる物、何かあったか……」

「そいつは未だ……」

勇次は、首を横に振った。

「よし。じゃあ、手分けして辻強盗の若い侍の足取り探しから始めるか……」

和馬は、弥平次たちに探索方針を示した。

木戸番屋は、町木戸のある通りを挟んで自身番の向かい側にあり、店では草鞋《わらじ》、渋団扇《しぶうちわ》、炭団《たどん》などの荒物を売っていた。

木戸番は町に雇われており、その役目は町木戸の管理と夜警が主だが、自身番の使い走りや捕物の手伝いなどもした。

喜十は、五年前に横網町に雇われて木戸番を勤めていた。

和馬と弥平次は、木戸番の喜十を訪れた。

「こりゃあ、柳橋の親分さん……」

喜十は、和馬と弥平次を迎えた。

「喜十さん、こちらは南町奉行所の神崎の旦那だよ」

「はい。喜十にございます」

喜十は、和馬に挨拶をした。

「やあ、喜十か。昨夜は御苦労だったね。お陰で瀬戸物屋の彦兵衛、助かりそうだぜ」

和馬は、喜十を労った。

「そいつは良かった。どうぞ……」

喜十は、店先の縁台に腰掛けた和馬と弥平次に茶を差し出した。

「造作を掛けるな。戴くよ」

和馬は茶をすすった。

「それで喜十さん、辻強盗の若い侍だが、何か思い出した事はないかな」

弥平次は尋ねた。

「はい。逃げる後ろ姿を見ただけですから……」

喜十は、困惑を浮かべた。

「そうか……」

弥平次は茶をすすった。

「処で喜十、割下水の組屋敷の倅で辻強盗を働くような馬鹿に心当たりはないかな」

和馬は、辻強盗の若い侍が割下水に住む御家人の馬鹿な倅だと睨んでいた。

「さあ、割下水の御直参《ごじきさん》の事は……」

喜十は、申し訳なさそうに首を横に振った。

「分からないか……」

「はい……」

喜十は頷いた。

「そうか……」

和馬は、茶を飲み干した。

幸吉、由松、勇次は、大川端一帯に辻強盗の若い侍の足取りを探した。だが、辻強盗の若い侍の足取りや痕跡は何も摑めなかった。


夕暮れ時、和馬は南町奉行所に戻った。

「辻強盗か……」

南町奉行所吟味方与力の秋山久蔵は、和馬から報告を受けた。

「はい。ま、斬られた彦兵衛が命を取り留めたのが不幸中の幸いですが……」

「して、その彦兵衛、気を失ったままか……」

「はい。気を取り戻してくれれば、辻強盗について何か分かるかもしれないのですがね」

和馬は告げた。

「うむ。で、本所割下水の陸でなしか……」

久蔵は、和馬の睨みを読んだ。

「ええ。それで割下水の組屋敷で悪い噂のある馬鹿を調べたいのですが、相手は直参の支配違い。いろいろ面倒が……」

和馬は、悔しさを滲ませた。

「心配は無用だ。何かあれば俺が相手をする。好きにやるがいい」

久蔵は頷いた。

「心得ました。では、明日から……」

和馬は、意気込んで用部屋を出て行った。

久蔵は苦笑した。


翌日、和馬は幸吉、由松、勇次と本所割下水の旗本御家人で悪い噂のある者の洗い出しを急いだ。

悪い噂のある者は次々に浮かんだ。

「こんなにいるのか……」

和馬は、蕎麦を食べる手を止め、呆れた面持ちで悪い噂のある者の名を書き連ねた紙を見た。

「ええ。強請り集りに食い逃げ、手込め。ま、一人ずつ、一昨日《おととい》の夜、辻強盗が出た時に何をしていたか洗っていけば、良いだけですから……」

弥平次は苦笑した。

「そりゃあそうだけど……」

和馬は吐息を洩らし、蕎麦をすすった。

「親分、和馬の旦那……」

勇次が、蕎麦屋に入って来た。

「おう。どうした」

「はい。強請り集りを働いているって噂の御家人の息子が、四、五日前から屋敷に帰って来ないって話ですよ」

勇次は、厳しい面持ちで告げた。

「何処の何て奴だ」

和馬は身を乗り出した。

「弘前藩江戸上屋敷裏、南割下水傍の堀田左兵衛《ほったさへえ》って御家人の倅で小五郎《こごろう》って奴です」

「堀田小五郎か……」

「はい。四、五日前に出掛けたっきり、帰って来ないそうでしてね」

「強請り集りの陸でなしなら、四、五日帰らないなんて、良くあるんじゃあないのかな」

弥平次は眉をひそめた。

「ええ。父親たち家族もそう思っていたんですが、昨日、博奕打ちが小五郎に借金の取立てに来たそうでしてね。返す金を用立てに帰って来ている筈だと……」

「だが、帰っていないか……」

「ええ。彦兵衛さんを襲って金を奪い、何処かに逃げたんじゃあないですかね」

勇次は睨んだ。

「よし。これから堀田小五郎を詳しく調べてみよう。勇次、お前も腹拵えをしろ」

和馬は、蕎麦の残りを猛然とすすった。

「は、はい」

勇次は戸惑った。

「勇次、早く好きな蕎麦を頼むんだな」

弥平次は笑った。


「秋山さま……」

南町奉行所臨時廻り同心の蛭子《えびす》市兵衛《いちべえ》が、久蔵の用部屋を訪れた。

「おう。なんだい、市兵衛……」

「今、永代橋《えいたいばし》の橋脚に引っ掛かっていた死体を引き上げたと報せがありました」

「土左衛門か……」

「そいつが、どうやら違うようでして……」

「違う……」

「はい。報せによれば、死体は腹を刺されて殺されてから大川に落ちたようだと……」

「じゃあ、水は飲んでいないか……」

「はい。そして、抜き身を握っていた……」

市兵衛は、久蔵を見詰めた。

「抜き身だと……」

久蔵は眉をひそめた。

「ええ。死体の主《ぬし》は若い侍だそうでしてね。これから行ってみます」

「よし。俺も行くぜ」

久蔵は、刀を手にして立ち上がった。


百五十石取りの御家人堀田左兵衛の伜の小五郎は、悪い仲間と徒党を組んで大店に因縁を付けては強請り集りを働き、脅し取った金を酒や博奕、女遊びに使っていた。

和馬と勇次は、小五郎に借金の取立てに来た博奕打ちを割り出した。

取立てに来た博奕打ちは安吉《やすきち》と云い、大川と深川仙台堀の交差する処の佐賀町《さがちよう》に住む貸元長五郎《ちようごろう》の手下だった。

和馬と勇次は、佐賀町の博奕打ちの貸元長五郎の家に急いだ。

深川佐賀町は、仙台堀を越えた処から大川沿いに永代橋迄続いていた。

和馬と勇次は、佐賀町にある博奕打ちの貸元長五郎の家を訪れた。

土間にいた三下たちは、町奉行所同心が来たのに身構えた。

「じたばたするんじゃあねえ。俺は南町の神崎だ。安吉はいるか」

和馬は、三下たちを睨み付けた。

「や、安吉の兄貴ですかい……」

「ああ。ちょいと訊きたい事があってな。下手な真似をせず、さっさと此処に呼ぶんだな」

「へ、へい……」

三下の一人が奥に入った。

「お前ら、本所割下水の堀田小五郎って御家人を知っているか……」

和馬は、残った三下たちに訊いた。

「へい……」

三下たちは頷いた。

「借金を作った処を見ると、博奕は余り上手くねえようだな」

和馬は笑い掛けた。

「へい。まあ、そんな処で……」

三下は、和馬に釣られたように笑った。

「お待たせしました。あっしが安吉ですが……」

眼の険しい痩せた男が、三下と共に奥から出て来た。

「お前が安吉か、南町の神崎だ」

「はい……」

安吉は、探る眼差しで和馬を窺った。

「安吉、割下水の堀田小五郎が博奕で作った借金、幾らなんだい」

「二十両ですが……」

「で、返す期日は昨日だったんだな」

「はい。それで取立てに行ったんですが……」

「堀田小五郎、返す金をどうやって都合するか、云っていなかったかな」

「そりゃあ、まあ……」

安吉は躊躇った。

「安吉、知っている事があれば、素直に云った方が身の為だぜ」

和馬は、嘲りを浮かべた。

「へ、へい。小五郎の野郎、返す金は辻強盗や押し込みを働いてでも都合すると……」

「辻強盗や押し込み……」

和馬は眉をひそめた。

「へい……」

「安吉、そうでもして借金を返さなきゃあ嬲《なぶ》り殺しにすると、手前が追い込んだんだろう」

勇次は、安吉を厳しく見据えた。

「ち、違いますよ……」

安吉は、図星を突かれたように狼狽えた。

何れにしろ、堀田小五郎は博奕の借金を返す為、辻強盗や押し込みを働く気でいた。

「和馬の旦那、辻強盗、どうやら堀田小五郎のようですね」

勇次は眉をひそめた。

「ああ。間違いないな」

和馬は見定めた。

土間に寝かされた若い侍の死体は、右手に抜き身を固く握り締め、腹に脇差を深々と突き刺したままだった。

久蔵は、市兵衛と共に若侍の死体を検めた。

「おそらく、誰かと斬り合っていて腹を突き刺されたんでしょうね」

「うむ……」

久蔵は、若い侍の腹に突き刺さったままの脇差を引き抜いた。そして、若い侍の腰の脇差の鞘《さや》を取った。

市兵衛は見守った。

久蔵は、脇差を鞘に静かに入れた。

脇差は鞘に収まった。

「ほう。自分の脇差でしたか……」

市兵衛は眉をひそめた。

「ああ。斬り合った相手に脇差を奪われ、突き刺されたって処だな」

久蔵は睨んだ。

「ならば、相手はかなりの剣の遣い手、武士ですね」

「ま、仏がどの程度の腕だったか分からねえが、おそらくな……」

久蔵は頷いた。

「処で市兵衛。仏が何処の誰か分かったのか」

「そいつが、身許の分かるような物は何も持っていませんでしてね。ですが、浪人とは思えません」

「となると、主持《しゅうも》ちか……」

「ええ。年格好から見て旗本御家人の倅か大名家の勤番者か……」

市兵衛は読んだ。

「うむ。とにかく仏の身許、急いで突き止めるんだな」

久蔵は命じた。

二

本所横網町の木戸番屋の店先では、草鞋の他に笊《ざる》や竹籠《たけかご》なども売っていた。

「割下水の御家人堀田小五郎ですか……」

幸吉は眉をひそめた。

「ああ。その堀田小五郎、どうやら博奕の借金を返す金欲しさに辻強盗を働いたようだ」

和馬は告げた。

「で、その堀田小五郎、行方知れずなんですかい……」

由松は、厳しさを過ぎらせた。

「ああ。で、いつ割下水の屋敷に戻るか分からないので勇次が張り付いた」

和馬は告げた。

「そうですか……」

「どうぞ……」

木戸番の喜十が、和馬、幸吉、由松に茶を差し出した。

「済まないな。そうだ喜十、お前、堀田小五郎って御家人、知っているか」

和馬は、茶をすすりながら尋ねた。

「いいえ……」

喜十は、首を横に振った。

「そうか。堀田小五郎は割下水に住んでいて年は二十一歳。この界隈を通るかもしれない。らしい奴を気にしてくれ」

「はい。堀田小五郎ですね」

喜十は、辻強盗の若い侍が御家人の堀田小五郎だと知った。

「うむ……」

「分かりました」

「じゃあ和馬の旦那、あっしたちは堀田小五郎を……」

「うん。足取りを探してみてくれ」

「承知しました。じゃあ……」

幸吉と由松は、和馬に挨拶をして木戸番屋を出て行った。

「処で喜十、襲われた瀬戸物屋の彦兵衛、気を取り戻したかな」

和馬は尋ねた。

「さあ……」

「よし。喜十、彦兵衛のいる医者の処に案内してくれ」

「へ、へい……」

和馬は、喜十と彦兵衛のいる医者の家に向かった。


大川に架かっている永代橋は、霊岸島《れいがんじま》と深川とを結んでいる。

久蔵は、永代橋を渡って深川に入り、大川沿いの道を北に向かった。

仙台堀や小名木川を渡り、新大橋の東詰と公儀御船蔵《おふなぐら》の横の道を進むと竪川に出て本所になる。

本所竪川を渡った久蔵は、そのまま北に進んで横網町に向かった。

「秋山さま……」

和馬が喜十を伴ってやって来た。

「おう。和馬か……」

久蔵は立ち止まった。

「こっちは横網町の木戸番の喜十です」

和馬は、久蔵に喜十を引き合わせた。

「喜十にございます」

「おお、お前が辻強盗に襲われた瀬戸物屋の彦兵衛を医者に担ぎ込んだ木戸番の喜十かい。御苦労だったな」

久蔵は、喜十を労った。

「畏れいります」

喜十は恐縮した。

「で、どうした辻強盗は……」

「堀田小五郎と云う御家人が浮かびましてね。今、幸吉たちが捜しています」

「そうか。で、お前たちは……」

「これから、医者の処にいる彦兵衛に逢いに行きます」

「よし、俺も行くぜ」

久蔵は、和馬と共に喜十に誘われて彦兵衛のいる医者の家に向かった。


瀬戸物屋の主の彦兵衛は、気を取り戻していた。だが、息はか細くて熱があり、医者は僅かな時間の聞き込みを許した。

和馬は、医者の立ち会いで彦兵衛に聞き込みを始めた。

久蔵は見守った。

「彦兵衛、お前を襲った辻強盗は若い侍だな」

和馬は訊いた。

「ええ……」

彦兵衛は、眼を瞑《つむ》ったまま僅かに頷いた。

「何処の誰か知っているか……」

彦兵衛は、苦しげに歪めた顔を僅かだけ横に動かした。

「知らぬか……」

和馬は、肩を落とした。

「ならば彦兵衛、お前は辻強盗の一太刀を浴びて逃げた。だが、追い付かれて袈裟懸けに斬られて倒れた。そうだな……」

和馬は、大川端の二ヶ所に血の痕があったのを思い出しながら尋ねた。

「神崎さん、今の話では、彦兵衛さんは二度斬られた事になるが……」

医者は、和馬に怪訝な眼を向けた。

「ええ、違うんですか……」

「うむ。斬られたのは、背後からの袈裟懸けの一太刀だけだよ」

「えっ……」

和馬は戸惑った。

「彦兵衛さんの身体には、背中の袈裟懸けの傷だけだ」

「彦兵衛、斬られたのは一度だけなのか……」

「はい……」

彦兵衛は頷いた。

「じゃあ、もう一つの血の痕は何なんだ……」

和馬は困惑した。

「和馬、どう云う事だ……」

久蔵は眉をひそめた。

大川端には人が行き交っていた。

和馬は、久蔵を彦兵衛が辻強盗に襲われた場所に案内した。

「血の痕は此処と、あそこの二ヶ所にありました」

和馬は、久蔵に血の痕のあった二ヶ所の場所を示した。

「で、あそこで最初の一太刀を浴び、此処迄逃げた処を背後から袈裟懸けに斬られたと睨んだか……」

「はい……」

和馬は頷いた。

久蔵は、和馬の睨みを知った。だが、和馬の睨みは違ったようだ。

「喜十、お前が駆け付けた時、彦兵衛は何処に倒れていたのだ」

久蔵は、微かな緊張を浮かべて佇んでいた喜十に尋ねた。

「は、はい。此処に倒れておりました」

喜十は、彦兵衛が袈裟懸けに斬られて倒れていた処を示した。

「して、辻強盗はどっちに逃げたのだ」

「はい。津軽さまの下屋敷の方に……」

喜十は、陸奥国弘前藩江戸下屋敷を指差した。それは、二つ目の血の痕のある処とは逆の方向だった。

「そうか。和馬、二つの血の痕は、同じ時のものに違いないのだな」

「はい。乾き具合から見て間違いありませんでした」

和馬は頷いた。

「間違いないとしたなら、辻強盗は彦兵衛を襲う前に他の者を襲い、手傷を負わせたが失敗したか……」

久蔵は、もう一つの血の痕をそう読んだ。

「喜十。彦兵衛が襲われた夜、他に辻強盗騒ぎはなかったか……」

和馬は訊いた。

「い、いいえ。ございません」

喜十は、首を横に振った。

「そうか……」

和馬は、困惑を浮かべた。

「となると……」

久蔵は、眩《まぶ》しげに眼を細めて大川を眺めた。

大川は滔々《とうとう》と流れ、対岸には町家と大名屋敷、そして巨大な公儀の浅草御蔵が連なっていた。


横網町と割下水は、公儀御竹蔵を間にするだけで遠くはない。

久蔵と和馬は、喜十と別れて割下水の堀田屋敷に向かった。

割下水は北と南に二つあり、堀田屋敷は弘前藩江戸上屋敷の裏、南割下水の傍にあった。

久蔵と和馬は、組屋敷街の中を流れる南割下水の傍の道を東に進んだ。

堀田屋敷は静けさに覆われていた。

和馬と久蔵は、堀田屋敷を窺った。

「秋山さま、和馬の旦那……」

物陰から勇次が現れた。

「おう。どうだ」

「そいつが、堀田小五郎が戻った気配はありません」

勇次は告げた。

「小五郎の悪仲間のような奴らもやって来ないか……」

久蔵は、堀田屋敷を窺いながら訊いた。

「はい」

「で、小五郎の隣近所での評判、どんな風だ」

「近所の屋敷の奉公人にそれとなく訊いたんですが、小五郎、餓鬼《がき》の頃から小狡《こずる》く、奉公人や弱い者に質《たち》の悪い悪戯《いたずら》をする奴でしてね。近所でも評判の嫌われ者だそうですよ」

「じゃあ、行方知れずになった処で心配をしている者は余りいないか……」

久蔵は苦笑した。

「はい。中にはこのまま消えちまえば良いと云う者もいるぐらいです」

勇次は頷いた。

「随分と嫌われたもんだな」

久蔵は呆れた。


「そうか……」

久蔵は南町奉行所に戻る事にし、堀田屋敷の見張りに残る和馬や勇次と別れて来た道を戻った。そして、横網町を通り抜けようとした時、町木戸の陰に佇んでいる若い浪人に気付いた。

久蔵は、若い浪人の視線を追った。

木戸番屋……。

久蔵は、若い浪人が木戸番屋を見詰めているのを知った。

木戸番屋では、喜十が笊を買いに来たおかみさんの相手をしていた。

若い浪人は、険しい面持ちで喜十を見詰めていた。

喜十に用があるのか……。

久蔵は眉をひそめた。

喜十は、笊を買って帰るおかみさんを見送り、木戸番屋の奥に入った。

若い浪人は、吐息混じりに緊張を解き、町木戸から離れた。

久蔵は追った。

若い浪人は、横網町から小泉町、元町に進んで竪川に架かる一つ目之橋に出た。

そして、一つ目之橋を渡って竪川南岸の道を東に進んだ。そして、六間堀《ろっけんぼり》に架かっている松井橋の手前を南に曲った。

久蔵は追った。

若い浪人は、喜十を険しい面持ちで見詰めていた。

久蔵は、その視線に微かな殺気が秘められているのを感じた。

若い浪人は、喜十を殺したい程に恨み憎んでいるのかもしれない。

何者なのだ……。

久蔵は、若い浪人を追った。

若い浪人は、六間堀沿いを進んで六間堀町に入り、堀端にある長屋の木戸を潜った。そして、長屋の奥の家に入った。

久蔵は見届け、六間堀町の自身番に赴いた。

六間堀町の自身番の店番は、南町奉行所吟味方与力の秋山久蔵が不意に訪れたのに驚き、緊張を露にした。

「あの長屋は堀端長屋と申しまして、奥の家に住んでいる浪人さんは、小坂清四郎《こさかせいしろう》さんって方ですが、何か……」

店番は、微かな怯えを過ぎらせた。

浪人の小坂清四郎がお尋ね者であれば、気付かずにいた町役人《ちょうやくにん》にもお上のお咎めがあるかもしれない。

店番はそれを恐れた。

「心配するな。俺がちょいと知りたいだけだ」

久蔵は、店番の心配を知って苦笑した。

「は、はい……」

「して、小坂清四郎、どのような者だ」

「長年、諸国を旅して、一ヶ月前に越して来た浪人さんです」

「諸国を旅して来た……」

「はい」

「何故、諸国を旅していたのかは……」

「そこ迄は存じません」

「知らぬか……」

「申し訳ございません」

「なあに、お前さんの謝る事じゃあない」

久蔵は苦笑した。

「畏れいります」

「よし。此の事は他言無用だ」

久蔵は、厳しい声音で命じた。

「はい。心得ました」

店番は、緊張に喉を引き攣らせて頷いた。

「ではな……」

久蔵は、六間堀町の自身番を後にした。

諸国を旅して来た浪人の小坂清四郎は、横網町の木戸番の喜十と何らかの拘わりがある。

久蔵は睨んだ。

拘わりとは何だ……。

久蔵は想いを巡らせた。

やがて、久蔵の想いは、横網町の木戸番の喜十に行き着いた。

喜十とは何者なのだ……。

只の木戸番なのか……。

久蔵は、喜十の素性が気になった。

蛭子市兵衛は、若い侍の仏の似顔絵を作り、岡っ引の神明の平七《へいしち》たちと大川沿いの町に聞き込み、身許を突き止めようとした。しかし、若い侍を知る者は容易に見付からなかった。

幸吉と由松は、裏渡世で生きている者たちに探りを入れた。だが、堀田小五郎の行方を知る者や見た者はいなかった。

和馬と勇次は、割下水の堀田屋敷を見張り続けた。

小五郎は、戻って来なかった。

探索は膠着《こうちやく》状態に陥った。

本所竪川二つ目之橋の袂の百獣屋は、脂と味噌の臭いに満ちていた。

百獣屋とは獣の肉を食べさせる店であり、猪《いのしし》の肉は牡丹《ぼたん》、鹿は紅葉《もみじ》、馬は桜とそれぞれの符牒《ふちよう》で呼ばれていた。

神明の平七と下っ引の庄太《しようた》は、百獣屋の亭主に仏の似顔絵を見せた。

「あれ、見た事あるなこの顔……」

亭主は、仏の似顔絵を見て眉をひそめた。

「見た事あるかい」

平七は、漸く出逢った手掛かりに思わず声を弾ませた。

「ああ。時々来る牡丹鍋の好きな客に似ているかな……」

亭主は首を捻った。

「その客、何処の何て奴かな……」

「確か御家人でね」

「御家人……」

「ええ。堀田って云ったかな……」

「堀田、何て云うんですかい」

庄太は身を乗り出した。

「さあ、そこ迄は……」

亭主は首を捻った。

「分からないか……」

「ですが、うちに来る御家人の殆《ほとん》どは割下水の組屋敷の方々でしてね。割下水に行って堀田と聞けば分かるんじゃあないかな」

「割下水の堀田か……」

平七は、百獣屋の亭主に礼を云って庄太を従えて割下水に急いだ。


大川の流れは夕陽を揺らした。

平七と庄太は、陸奥国弘前藩江戸上屋敷裏に進んで南割下水を渡った。

「親分、あの屋敷ですぜ」

庄太は、堀田屋敷を示した。

「ああ。さあて、近所の人に訊いてみるか……」

「はい……」

「平七……」

和馬と勇次が物陰から現れた。

「こりゃあ、和馬の旦那、勇次……」

平七と庄太は戸惑った。

「何をしているんだい」

和馬は、平七に怪訝な眼を向けた。

「いえ。大川に若い侍の仏があがりましてね」

平七は、和馬と勇次に似顔絵を見せた。

「堀田って御家人かもしれないんですよ」

「堀田だと……」

和馬と勇次は、思わず顔を見合わせた。

「ええ。それで探し歩いて来たんですがね」

「よし。勇次、隣りの屋敷の父っつぁんに来て貰え」

「はい……」

勇次は、堀田家の隣りの屋敷に走った。

「で、和馬の旦那は此処で何を……」

平七は眉をひそめた。

「うん。実はな……」

和馬は、平七と庄太に事の次第を話し始めた。

隣りの屋敷の老下男は、似顔絵を手に取ってまじまじと見詰めた。

「どうだい父っつぁん……」

勇次は、老下男を見守った。

「ああ。こいつだよ。堀田の小五郎は……」

老下男は、似顔絵を見て眉をひそめた。

「和馬の旦那……」

「うん。父っつぁん、間違いないか……」

和馬は念を押した。

「はい。瓜二つですよ」

老下男は頷いた。

「親分、漸く突き止めたようですね」

庄太は、顔を輝かせた。

「ああ……」

平七は、微かな安堵を滲ませた。

「父っつぁん、良く分かった。造作を掛けたな。こいつは内緒だよ」

勇次は、老下男に素早く小粒を握らせた。

「こいつはどうも、じゃあ旦那……」

老下男は、小粒を握り締めて隣りの屋敷に戻って行った。

「この仏、堀田小五郎に間違いなさそうだな」

和馬は、似顔絵を見詰めた。

「って事は、和馬の旦那、堀田小五郎は死んでいたんですね」

勇次は眉をひそめた。

「ああ。屋敷を見張ったり、捜し廻ったりするのは、無駄骨だった訳だ」

和馬は、腹立たしさを過ぎらせた。

「大川にあがった仏が、和馬の旦那たちが追っていた辻強盗だったとは……」

平七は苦笑した。

三

夜の大川には、数少ない船の明かりが揺れていた。

船宿『笹舟』の座敷には、久蔵、市兵衛、和馬、弥平次、平七が集まっていた。

「して和馬、堀田小五郎、辻強盗に違いなかったのか……」

久蔵は、厳しさを滲ませた。

「はい。襲われた彦兵衛に似顔絵を見せた処、自分を襲った辻強盗に違いないと……」

和馬は告げた。

「そうか……」

「あの仏が辻強盗の堀田小五郎だったとは……」

市兵衛は、吐息を洩らした。

「うむ。堀田小五郎、横網町の飛び地の大川端で瀬戸物屋の彦兵衛を襲った後、何者かに腹を刺されて殺され、大川に突き落とされたって処だな」

久蔵は、事態を読んだ。

「木戸番の喜十によれば、辻強盗は大川端を弘前藩江戸下屋敷の方に逃げたそうです」

和馬は告げた。

「となると、両国橋の辺りから永代橋迄の間で殺されたか……」

市兵衛は、堀田小五郎が殺された場所を読もうとした。

「ですが、市兵衛の旦那、永代橋から両国橋迄の大川沿いに、そうした事件があった様子は窺えませんでしたが……」

平七は眉をひそめた。

「尤も、あっし共は似顔絵の仏の身許を突き止める探索でしたので、詳しくは何とも云えませんが……」

平七は、遠慮がちに告げた。

「うむ。みんな、堀田小五郎は己の脇差を奪われ、そいつで腹を刺されて殺されていた」

久蔵は告げた。

「己の脇差で……」

和馬は戸惑った。

「って事は、殺したのはかなりの遣い手、侍ですかね」

弥平次は読んだ。

「おそらくな……」

久蔵は頷いた。

「和馬、堀田小五郎の身辺にそれ程の遣い手はいないかな」

「はあ。堀田小五郎、御家人の倅などの悪仲間はいますが、それ程の遣い手がいるとは聞いておりません」

「そうか……」

「いないか……」

「きっと……」

和馬は頷いた。

「和馬、彦兵衛が堀田に襲われた現場のもう一つの血の痕だが……」

「はい……」

「もし、あの血の痕、堀田が腹を刺された時のものだったらどうなる」

「ですが秋山さま、現場には彦兵衛と辻強盗の堀田小五郎しかいなかった筈です」

「そいつは、木戸番の喜十の証言だけだ」

久蔵は、その眼を鋭く光らせた。

「まさか喜十が……」

和馬は、困惑を浮かべた。

「秋山さま、木戸番の喜十とは……」

市兵衛は尋ねた。

「うむ……」

久蔵は、横網町の木戸番の喜十について市兵衛と平七に教えた。

「で、その喜十を窺っている浪人がいてな」

久蔵は、厳しい面持ちで告げた。

「喜十を窺っている浪人……」

和馬は眉をひそめた。

「深川は六間堀町の堀端長屋に一ヶ月前から住んでいる小坂清四郎って浪人だ」

「小坂清四郎ですか……」

「ああ。長年諸国を旅して来た者らしい……」

「ほう、諸国を旅して来た者ですか……」

市兵衛は眉をひそめた。

「うむ……」

「その小坂清四郎が、喜十を窺っているのですか……」

「ああ。それでだ和馬。お前、喜十の素性を詳しく知っているのか……」

「いえ。それは……」

和馬は云い澱《よど》んだ。

「よし。みんな、横網町の辻強盗の一件は辻強盗殺しにもなった。そして、横網町の木戸番の喜十が何らかの拘わりを持っているかもしれぬ。和馬、幸吉たちと手分けして喜十と小坂清四郎の素性を調べるんだ」

「心得ました」

和馬は頷いた。

「平七、お前は喜十に面が割れていねえ。見張りについてくれ」

「承知しました」

平七は頷いた。

「よし。じゃあ明日から掛かってくれ」

久蔵は命じた。


木戸番屋は自身番の向かい側にあり、町木戸の外は隣り町になる。

本所横網町は、小泉町と町木戸を境にしていた。

神明の平七と庄太は、小泉町の端にある筆屋の二階の部屋を借りて横網町の木戸番喜十の見張りについた。

喜十は、木戸番屋の表や町木戸の周囲を掃除し、通行人に道を教え、自身番の手伝いなどをしていた。

木戸番の主な仕事は、夜の町木戸の管理と夜廻りだった。それは防犯と火事を警戒しての事だ。

「親切な人ですね」

庄太は、野菜を入れた竹籠を背負った百姓に丁寧に道を教える喜十を見守った。

「ああ。近所の人たちにそれとなく訊いたんだがな、穏やかで生真面目な人だそうだぜ」

平七は、庄太と共に筆屋の二階から喜十を見張った。


和馬は、幸吉と由松に小坂清四郎の住む深川六間堀町の堀端長屋に赴かせ、勇次と共に秘かに喜十の素性を調べ始めた。

喜十は、五年前から横網町の木戸番に雇われていた。

「喜十、横網町の木戸番に雇われる前、何をしていたのか分かるかな」

和馬は、自身番に詰めている家主の家を訪れて訊いた。

自身番には家主が二人、店番が二人、番人が一人の五人が詰める事になっている。だが、三畳の畳と板の間だけの自身番は狭く、略して三人詰めが多かった。

和馬と勇次は、喜十に不審を抱かれぬように家にいる家主を訪れたのだ。

「はい。喜十は亀戸《かめいど》にある光源寺の寺男をしていましたが、前の住職の応善《おうぜん》さまが亡くなり、行き場所がなくなりましてね。丁度、うちの木戸番が病に罹ったので、手前共が木戸番に雇った次第でして……」

家主は告げた。

「亀戸の光源寺の寺男か……」

「はい。あの、喜十が何か……」

家主は眉を曇らせた。

「いや、ちょいと気になる事があってな。大した事じゃあない」

和馬は惚《とぼ》けた。

「そうですか……」

「家主さん、寺男の頃の喜十さんを知っている人を御存知ありませんか……」

勇次は尋ねた。

「それなら植木屋の甚平《じんべい》さんに訊けば分かると思いますが……」

「植木屋の甚平……」

「はい。押上村《おしあげむら》にある植木屋の親方でしてね。光源寺の檀家《だんか》で、喜十を雇う口利きをしてくれた人です」

「そうか。で、その植木屋、押上村の何処かな」

「秋田藩の江戸下屋敷の裏です」

家主は告げた。

「よし。造作を掛けたな……」

和馬と勇次は、押上村に急いだ。


深川六間堀町の堀端長屋には小間物屋の行商人が訪れ、おかみさんたちを相手に賑やかに商売をしていた。

幸吉と由松は、堀端長屋の木戸から奥の家を窺った。

「小坂清四郎、いるんですかね」

由松は眉をひそめた。

「さあ、暫《しばら》く様子を見るしかねえな」

幸吉は、小坂清四郎の住む奥の家を見詰めた。

小間物屋が冗談を云ったのか、おかみさんたちが大声で笑った。

時が過ぎ、小間物屋は帰り、おかみさんたちはそれぞれの家に戻って静けさが訪れた。

「やれやれですね」

由松は苦笑した。

「ああ……」

幸吉は頷いた。

奥の家の腰高障子が開き、無精髭《ぶしょうひげ》を伸ばした若い浪人が出て来た。

「小坂清四郎だな……」

「ええ……」

幸吉と由松は見定めた。

小坂清四郎は、堀端長屋を出て六間堀沿いの道を竪川に向かった。

「よし、俺が追う。由松、お前は長屋のおかみさんたちに小坂の暮らし振りをそれとなく訊いてくれ」

「承知……」

幸吉は、由松を残して小坂を追った。

本所竪川は東に続き、三つ目之橋を過ぎて横川と交差し、新辻橋と四つ目之橋の袂を通って尚も進むと横十間川《よこじっけんがわ》に出る。

和馬と勇次は、横十間川に架かっている旅所橋《たびしょばし》を渡って北に曲った。そして、横十間川の東岸の道を進み、出羽国秋田藩江戸下屋敷の手前を東に曲った。そこに押上村の飛び地があり、植木屋『植甚《うえじん》』があった。

和馬と勇次は、植木屋『植甚』を訪れて親方の甚平に逢った。

「光源寺で寺男をしていた喜十さんですか……」

甚平は、戸惑いを浮かべた。

「うん。故郷《くに》が何処か知っているかな」

「確か亡くなった先代の住職の応善さまと同郷だと云っていましたから、信濃《しなの》じゃあないですかね」

「信濃か……」

「ええ。それで応善さまが寺男に雇ったのだと思いますよ」

「そいつはいつ頃かな……」

「十年ぐらい前でしたか……」

「で、喜十、どのぐらい光源寺の寺男をしていたのかな」

「確か五年ぐらいですよ」

「五年ねえ」

喜十は、十年前に光源寺の寺男になり、五年後に辞めて横網町の木戸番になった。

「で、住職の応善が病で亡くなって寺男を辞めたんだな」

「ええ……」

「はい。今の御住職が親しい者を連れて来ましてね。それで、あっしが横網町の家主さんに口を利いた訳でして……」

「喜十、光源寺に来た時、どんな風だったか覚えているかな」

「どんな風って、あっしが初めて逢った時はもう寺男として働いていましたので……」

「じゃあ、喜十の働きぶりはどうだった」

「そりゃもう、生真面目な働き者で、年寄りにも親切な穏やかな人でしたよ」

「評判は良かったか……」

「ええ。誰に聞いてもね」

甚平は頷いた。

「親方、喜十さんに何か変わった事はありませんでしたかね」

勇次は尋ねた。

「変わった事ねえ……」

甚平は首を捻った。

「ええ。何でも良いのですがね」

勇次は粘った。

「そうだなあ……」

甚平は、思い出そうと植木が並んでいる庭を眺めた。

勇次は待った。

「そう云えば、二人組のこそ泥を叩きのめして追い返したって話を聞いた覚えがあるな」

甚平は、庭から視線を勇次に戻した。

「二人組のこそ泥を叩きのめした……」

勇次は眉をひそめた。

「ああ、人は見掛けによらないって奴だよ」

甚平は苦笑した。

「和馬の旦那。あの喜十さんが、二人組を叩きのめしたってのは、驚きですね」

「うん……」

和馬は、厳しい面持ちで頷いた。

「小坂の旦那ですか……」

中年のおかみさんは、由松に怪訝な眼を向けた。

「ええ。どんな人ですかね」

「どんな人って……」

中年のおかみさんは躊躇った。

由松は、中年のおかみさんに素早く小粒を握らせた。

「あら、すまないねえ」

中年のおかみさんは嬉しげに笑った。

「知っているだけで良いんですがね」

「何云ってんの。知らない事でも教えますよ」

中年のおかみさんは、機嫌良く冗談を云った。

「おかみさん、知らない事はいいよ」

由松は苦笑した。

「そうかい。遠慮はいらないよ」

中年のおかみさんは、小粒を握り締めて由松に笑い掛けた。

「そいつはもう。で、小坂清四郎さんは……」

「毎日、仕事もせずに出歩いていてね。誰かを捜しているようですよ」

中年のおかみさんは、小粒を胸元に仕舞いながら読んだ。

「誰かを捜している」

由松は眉をひそめた。

「ええ。それから羽織袴のお侍が小坂の旦那を訪ねて来た事があったよ」

「羽織袴のお侍……」

「ええ。ありゃあ、何処かのお大名の家来だと思いますよ。うん……」

中年のおかみさんは、自分の読みに尤もらしく頷いた。

「大名の家来ねえ。何処の大名の家来かは分からないかな」

「そこ迄はねえ……」

中年のおかみさんは首を捻った。

「そうですかい……」

小坂清四郎は誰かを捜しており、何処かの大名家の家来と拘わりがある……。

由松は知った。

両国広小路には見世物小屋や露店が連なり、大勢の人で賑わっていた。

小坂清四郎は、広小路の裏通りに進んで古い一膳飯屋に入った。

幸吉は、物陰から見届けた。

両国広小路の裏迄、わざわざ飯を食いに来たとは思えない。

幸吉は、小坂が古い一膳飯屋に来た理由を突き止めようとした。その為には、古い一膳飯屋に入るしかない。だが、入れば顔を知られ、今後の探索が上手くいかなくなる恐れがある。

どうする……。

幸吉は迷った。

その時はその時……。

幸吉は、古い一膳飯屋の暖簾を潜った。

「邪魔するぜ」

幸吉は、古い一膳飯屋に入った。

「いらっしゃいませ」

古い一膳飯屋の小女が、幸吉を迎えた。

「浅蜊《あさり》のぶっかけ飯、頼むぜ」

幸吉は、小女に注文してそれとなく店内を見廻した。

古い一膳飯屋に客は少なく、小坂清四郎は二人の浪人と隅で酒を飲んでいた。

幸吉は小坂と浪人たちの背後に座って、聞き耳を立てた。

小坂たちは小声で話しており、その声は僅かにしか聞こえなかった。

素性……。

仕掛ける……。

一両……。

お安い御用……。

幸吉は、運ばれて来た浅蜊のぶっかけ飯を食べながら僅かな言葉を聞いた。

おそらく小坂は、二人の浪人に一両で何かを仕掛けるように頼んだ。そして、二人の浪人は、お安い御用と引き受けたのだ。

二人の浪人は、誰に何を仕掛けるのだ。

幸吉は、想いを巡らせた。

相手は喜十か……。

幸吉はそう睨み、浅蜊のぶっかけ飯を掻《か》き込んだ。

四

木戸番の喜十は、町内の雑用を忙しくこなしていた。

神明の平七と下っ引の庄太は、隣町の小泉町の筆屋の二階から見張り続けていた。

「神明の親分……」

幸吉が階段を駆け上がって来た。

「どうした」

「浪人が二人、小坂清四郎に頼まれて喜十に何かを仕掛けるかもしれません」

「何だと……」

平七は眉をひそめた。

幸吉は、小坂清四郎の動きを手短に伝えて打ち合わせをした。

「親分、幸吉の兄貴、浪人が三人、やって来ましたぜ」

窓から喜十を見張っていた庄太が告げた。

幸吉と平七は、庄太のいる窓辺に寄った。

「先頭にいるのが小坂清四郎です」

幸吉は、平七に教えた。

「野郎か……」

平七は、小坂清四郎を見詰めた。

小坂と二人の浪人は、横網町の町木戸の傍で喜十を見ながら何事か言葉を交わしていた。そして、二人の浪人は、町木戸に小坂を残して横網町の木戸番屋に向かった。

喜十は、店先に並べた笊や竹籠、炭団などの品物を整頓していた。

店先に二人の浪人がやって来た。

「いらっしゃいませ」

喜十は迎えた。

「お前が喜十か……」

髭面の浪人は、薄笑いを浮かべて喜十に声を掛けた。

「は、はい……」

喜十は、微かな戸惑いを浮かべて頷いた。

「喜十、本当の名は何て云うんだ」

痩せた浪人は尋ねた。

「手前は喜十と申しますが……」

喜十は、微かな緊張を滲ませた。

「本当の名前だぜ」

髭面の浪人は、店先の品物を蹴散らした。

笊や竹籠が飛び散った。

行き交う人が驚き、立ち止まった。

「な、何をするんですか、止めて下さい」

喜十は、地面に散った品物を慌てて拾いに行こうとした。

痩せた浪人は、喜十を乱暴に突き飛ばした。

突き飛ばされた喜十は壁に当たり、木戸番屋は激しく揺れた。

「止めて欲しければ、止めてみろ」

痩せた浪人は嘲笑した。

髭面の浪人は、地面に散った笊や竹籠を踏み付けて潰した。

「お願いです。止めて下さい」

喜十は頼んだ。

「煩い」

髭面の浪人は、喜十を張り飛ばした。

喜十は倒れた。

立ち止まった人々が恐ろしげに眉をひそめ、自身番から店番や番人が出て来た。

「止めて欲しければ、腕尽《うでず》くで止めてみろ」

髭面と痩せた浪人は、倒れた喜十を蹴り飛ばした。

喜十は頭を抱え、身を縮めて蹴りを受けた。

自身番の店番や番人は、恐ろしげに狼狽えるだけだった。

髭面と痩せた浪人の狼藉《ろうぜき》は続いた。

頭を抱えて堪《こら》える喜十の眼に、微かな殺気が湧いた。

刹那、呼子笛が鳴り響いた。

「何をしていやがる……」

幸吉が十手を翳して駆け込んで来た。

髭面と痩せた浪人は身を翻し、慌てて木戸番屋から離れた。

町木戸の傍にいた小坂は、既に小泉町に進んでいた。

髭面と痩せた浪人は、小泉町を行く小坂を足早に追った。

神明の平七と庄太は続いた。

「大丈夫ですか……」

幸吉は、倒れていた喜十を助け起こした。

「は、はい。お陰で助かりました」

喜十は、幸吉に頭を下げて立ち上がった。

「喜十さん、怪我はありませんかい」

自身番の番人や店番が、喜十に駆け寄った。

「大丈夫です。皆さん、お騒がせしました」

喜十は詫び、辺りに散っている壊れた笊や竹籠を拾い集めた。

幸吉は手伝った。

「すみません」

「喜十さん、奴らどうしてこんな真似をしたのか、心当たりはありますかい」

「心当たり……」

喜十は、微かに狼狽えた。

心当たりはある……。

幸吉の勘が囁いた。

「ええ。心当たりです」

幸吉は、喜十の反応を見定めようとした。

「いいえ。心当たりなんてありませんよ」

喜十は、微かな狼狽を消して否定した。

「そうですか……」

しつこいのは警戒させるだけだ。

幸吉は引いた。

回向院の境内は、参拝客の手向けた線香の匂いが漂っていた。

小坂清四郎は、髭面と痩せた浪人の二人と回向院の門前で別れ、竪川に向かった。

髭面と痩せた浪人は、両国橋に進んだ。

「庄太、小坂は六間堀町の堀端長屋に戻る気だろう。見届けてくれ」

「はい」

「俺は野郎共の行き先を突き止める」

平七と庄太は別れ、小坂と二人の浪人を追った。

喜十は、光源寺の寺男を勤めている時、二人のこそ泥を叩きのめして追い払った。

小坂清四郎は人を捜しており、大名家の家来と何らかの拘わりがある。そして、二人の浪人を雇って喜十に仕掛けさせ、何かを摑もうとしている。

久蔵は、用部屋に蛭子市兵衛を呼び、和馬、平七、幸吉の報せを聞き、喜十と小坂清四郎の拘わりを読もうとした。

「して幸吉。喜十、殴り蹴られて怪我はなかったのか……」

「はい。頭を抱えて蹲り、上手く躱したようでして、掠り傷ぐらいです」

幸吉は告げた。

「頭を抱えて蹲り、上手く躱したか……」

久蔵は眉をひそめた。

「はい」

「で、和馬。喜十は寺男の時、二人組のこそ泥を叩きのめしたのだな」

「はい……」

和馬は頷いた。

「そうか……」

久蔵は、厳しい面持ちで頷いた。

「秋山さま……」

「うむ。どうやら木戸番の喜十、元は武士のようだな」

久蔵は睨んだ。

「武士……」

和馬は戸惑った。

「ああ。で、小坂は二人の浪人に仕掛けさせ、喜十の武士の本性を引き出そうとした。だが、喜十は浪人共の狙いに気付き、抗わずになされるままに堪え、武士の本性を隠し通した」

久蔵は読んだ。

「って事は、小坂の捜している相手は武士の時の喜十なのですか……」

和馬は気付いた。

「うむ……」

「ですが何故……」

和馬は眉をひそめた。

「武士が浪人に身を窶《やつ》し、長年に渡って諸国を旅して誰かを捜すとなると……」

久蔵は、厳しさを滲ませた。

「仇討《あだうち》の旅ですか……」

蛭子市兵衛は眉をひそめた。

「ああ、おそらくな……」

久蔵は頷いた。

「仇討……」

和馬、平七、幸吉は、戸惑いを浮かべた。

「ああ……」

「じゃあ秋山さま、小坂清四郎は仇を捜して諸国を旅して江戸に辿り着き、木戸番の喜十が仇に似ているので、その正体を何とか見定めようとしていると……」

和馬は読んだ。

「ま、そんな処だろうな。で、平七、喜十に仕掛けた浪人共は、神田明神の飲み屋に行ったのだな」

「はい。その飲み屋、浪人共の溜り場になっているようです」

平七は、髭面と痩せた浪人の行き先を突き止めていた。

「よし。和馬、平七や幸吉たちと喜十を痛め付けた浪人共を締め上げげ、小坂清四郎について知っている事を聞き出して来い」

「心得ました」

和馬は頷き、平七や幸吉と出て行った。

「秋山さま、喜十が武士だとなると、辻強盗の堀田小五郎を殺した者は……」

「木戸番の喜十……」

久蔵は、その眼を鋭く光らせた。

「やはり……」

市兵衛は頷いた。

「うむ。堀田小五郎が瀬戸物屋の彦兵衛を襲って金を奪った時、喜十が駆け付けて堀田の顔を見た。堀田は驚き、喜十を殺して口を塞《ふさ》ごうとした。喜十は思わず闘った。そして、元は武士であるのに気付かれ、正体が露見するのを恐れ、咄嗟に堀田の脇差を奪い、刺し殺した。その時に堀田小五郎の腹から流れた血が、現場にあったもう一つの血の痕だろう」

久蔵は、辻強盗の堀田小五郎が殺された顚末《てんまつ》を読んだ。

「堀田小五郎、喜十の口を塞ごうとし、逆に塞がれてしまいましたか……」

市兵衛は吐息を洩らした。

「うむ……」

久蔵は、厳しい面持ちで頷いた。


神田明神門前町の盛り場の片隅にある飲み屋は、安酒目当ての貧乏浪人や博奕打ちたちで賑わっていた。

和馬は、飲み屋に髭面と痩せた浪人がいるのを見定めて踏み込んだ。

「本所横網町の木戸番を痛め付けたのは手前らだな」

和馬は、髭面と痩せた浪人を睨み付けた。

髭面と痩せた浪人の二人は、徳利や丼を和馬に投げ付けて逃げ出した。だが、外には平七、幸吉、由松と捕り方たちがいた。

平七、幸吉、由松と捕り方たちは、髭面と痩せた浪人に襲い掛かった。

髭面と痩せた浪人は、刀を抜き払った。

平七、幸吉、由松、捕り方たちは、髭面と痩せた浪人を取り囲み、刺股《さすまた》、突棒《つくぼう》、袖搦《そでがらみ》などで激しく突き飛ばし、殴り付けた。

髭面と痩せた浪人は、刀を振り廻して激しく抵抗した。

和馬、平七、幸吉、由松に容赦はなかった。

下手な容赦は命取り……。

和馬、平七、幸吉、由松は、髭面と痩せた浪人を分断し、数人掛かりで闘った。

髭面と痩せた浪人は、叩きのめされて血を飛ばし、悲鳴をあげて転げ廻った。


小坂清四郎は、信濃国松代藩《まつしろはん》の家臣だった父親を十五年前に朋輩《ほうばい》に斬り殺された。朋輩の武士はそのまま松代を逐電《ちくでん》し、小坂は下男を従えて仇討の旅に出た。その父親を殺した朋輩は、横網町の木戸番の喜十と顔が良く似ていた。だが、名も違えば、武士でもない。

小坂は、喜十が父親を斬った仇だと見定める為、髭面と痩せた浪人を雇った。髭面と痩せた浪人は、喜十の本性を引き出そうと狼藉を働いた。だが、喜十は抗わず、なされるままだった。

「それで、小坂清四郎はどうした」

和馬は、髭面の浪人に訊いた。

「木戸番の喜十は、父親の仇ではないのかもしれぬと……」

髭面の浪人は告げた。

小坂清四郎は、抗わなかった喜十を元武士だと思わなかったのだ。

和馬は、髭面と痩せた浪人の証言を久蔵に伝えた。

「十五年前、信濃国松代藩か……」

久蔵は眉をひそめた。


深川六間堀は、本所竪川と深川小名木川を南北に結んでいる。

久蔵は、六間堀町の堀端長屋に住む小坂清四郎を訪れた。

小坂は、南町奉行所吟味方与力が来たのに緊張を漲《みなぎ》らせた。

「な、何用ですか……」

小坂は、喉を引き攣らせた。

「お前さん、食詰め浪人共を雇い、横網町の木戸番の喜十を痛め付けたな」

久蔵は冷笑を浮かべ、いきなり釘を刺した。

小坂は凍て付いた。

「して、そいつは父親の仇討に拘わっているそうだな」

「なに……」

「髭面と痩せたのが何もかも吐いたんだ。今更惚けても無駄だぜ」

「分かった……」

小坂は、覚悟を決めて頷いた。

「ならば、仔細を訊かせて貰おうか……」

久蔵は、小坂に笑い掛けた。

十五年前、十五歳だった小坂清四郎は、下男を従えて仇討の旅に出た。僅かな手掛かりと噂だけを頼りの旅は厳しく、五年が過ぎた頃、下男は姿を消した。松代藩に帰る訳にはいかない小坂は、当てのない仇討の旅を一人で続けるしかなかった。

十年の歳月が過ぎ、国許で待っていた母親も病で死んだ。そして、江戸に出て来て父親の仇に似ている喜十を見掛けたのだ。しかし、十五年の歳月は、喜十を父親の仇の元松代藩家臣の梶原《かじわら》喜一郎《きいちろう》だと見定めるものを消していた。

「元松代藩家臣の梶原喜一郎か……」

「左様……」

「で、喜十が梶原喜一郎だとの見定めはついたのかい……」

「いいや……」

小坂は、悔しげに顔を歪めた。

「処でお前さん、仇討免許状、町奉行所に届けていないな」

「それは……」

小坂は狼狽えた。

仇討が公認されたものであれば免許状があり、事前に町奉行所に届け出る必要があった。

「あるのなら見せて貰おう」

「あ、秋山どの……」

小坂は項垂れた。

久蔵は戸惑った。

小坂は、十五年の仇討の旅の間に何度か盗みに遭い、仇討免許状を失っていたのだ。

久蔵は、小坂清四郎の十五年の歳月の惨めさと虚しさを知った。

「お前さん、仇討、もう止めたらどうだい」

「えっ……」

「残りの生涯、仇討を止めて己の為に生きるべきだと思うがな」

「秋山どの……」

小坂は狼狽した。

狼狽は、小坂自身がそう思っていたからに違いないのだ。

「父上と母上も、あの世でそう願っていると思うぜ」

久蔵は微笑んだ。

項垂れた小坂清四郎は、まるで疲れ果てた老爺のようだった。

久蔵は、哀れみを覚えた。


大川の流れは春の輝きに溢れていた。

久蔵は、本所横網町の木戸番の喜十を大川端の飛び地に伴った。

喜十は、淡々とした面持ちで久蔵と大川端に立った。

既に覚悟は決めている……。

久蔵は、喜十の腹の内を読んだ。

「小坂清四郎が何もかも話してくれたぜ」

久蔵は静かに告げた。

「そうですか。小坂清四郎、やはり江戸に来ていましたか……」

喜十は、大川の流れを眩しげに眺めた。

穏やかな横顔だ……。

久蔵は、喜十の潔さを知った。

「元松代藩家臣の梶原喜一郎か……」

「ええ……」

喜十は頷き、己が小坂清四郎の父親を斬り殺した元松代藩家臣の梶原喜一郎だと認めた。

「何故、小坂の父親を斬ったんだい」

「つまらぬ意地の張り合い。今となっては思い出せない程のものですよ」

喜十は、己を嘲る笑みを浮かべた。

「そして、武士の素性を隠し通す為、辻強盗の堀田小五郎の脇差を奪い、刺し殺したか……」

久蔵は、喜十を見据えた。

「無益な殺生《せっしょう》をしたものです」

喜十は、悔いを滲ませた。

「辻強盗を働いた報いだ。恨むのなら己を恨むしかあるまい」

久蔵は、堀田小五郎を突き放した。

「秋山さま……」

「襲われた彦兵衛を助けようとしての止むを得ない所業、罪はない」

久蔵は、喜十の辻強盗堀田小五郎殺しを咎める気はなかった。

「忝のうございます」

喜十は、久蔵に礼を述べて頭を下げた。

「礼には及ばねえ。こっちは辻強盗の堀田小五郎が死んだ真相が分かればいいだけだ」

「はい……」

「じゃあな、喜十……」

久蔵は、踵を返そうとした。

「秋山さま、小坂清四郎は今、何処に……」

喜十は、久蔵を呼び止めて尋ねた。

「小坂と尋常の立合いをするか……」

久蔵は苦笑した。

「逃げ廻る者と追い続ける者の虚しい十五年の歳月。もう決着をつけるべきかと……」

喜十は淋しげに笑った。

「喜十、残念だが小坂清四郎は既に旅立った」

「旅立った……」

喜十は驚いた。

「ああ。父の仇の梶原喜一郎ではなく、己の生き方を探しにな」

久蔵は微笑んだ。

「秋山さま……」

「このまま木戸番の喜十でいるか、武士の梶原喜一郎に戻るか、それとも新たな己を捜しに行くのか。ま、好きにするんだな」

久蔵は、微笑みを残して立ち去った。

喜十は、呆然とした面持ちで立ち尽くした。

大川を吹き抜けた春風が、喜十の鬢《びん》の解《ほつ》れ髪を柔らかく揺らした。

瀬戸物屋の彦兵衛を襲った辻強盗の一件は、堀田小五郎の死によって落着した。

その後、小坂清四郎がどうしたかは分からない。そして、喜十は本所横網町の木戸番を続けていた。

久蔵は、喜十に拘わる事の一切を闇の彼方《かなた》に葬った。

第四話

落し前

一

卯月《うづき》——四月。

朔日《ついたち》は更衣。着物は綿入れから袷《あわせ》に替わる。そして、桜は終わり、牡丹や藤の季節になる。

百花の王と称される牡丹の花は、木下川薬師《きねがわやくし》、深川永代寺《えいたいじ》、谷中天王寺《やなかてんのうじ》などが名所とされ、見物する者たちで賑わった。

下谷広小路は暖かい陽差しに溢れ、人々で賑わっていた。

南町奉行所定町廻り同心の神崎和馬は、下っ引の幸吉と茶店で茶を飲みながら行き交う人々を眺めていた。

「さあて、後は神田明神から湯島天神を廻って戻りますか」

幸吉は、茶を飲み干した。

「うん。今日も退屈な見廻りになりそうだな」

和馬は大欠伸《おおあくび》をした。

「退屈で何よりですよ」

幸吉は苦笑した。

「まあな……」

和馬は頷いた。

女の悲鳴があがり、行き交う人々が響《どよ》めきながら後退《あとずさ》りした。

和馬と幸吉は、女の悲鳴のあがった処に向かって走った。

行き交っていた人々が遠巻きにして恐ろしげに見守る中には、若い武士が俯《うつぶ》せに倒れていた。

和馬と幸吉は、倒れている若い武士に駆け寄った。

「おい、どうした」

和馬と幸吉は、若い武士を抱き起こした。

若い武士は、腹から血を流して既に死んでいた。

「和馬の旦那……」

幸吉は眉をひそめた。

「ああ。腹を突き刺されて殺されたな」

「はい……」

「刺した奴を見た者はいるか……」

和馬は、遠巻きにしている者たちに尋ねた。

「は、はい……」

稽古事《けいこごと》の帰りの二人の町娘が、風呂敷包みを抱えて怯えた面持ちで出て来た。

「おう。刺したのは、どんな奴だった」

「は、はい。紺色の縞の半纏を着た若い男の人でした。ねえ……」

「うん。背の高い人で、あっちに逃げて行きました」

二人の町娘は、和馬に告げながら山下の方を指差した。

「和馬の旦那……」

「頼む」

幸吉は、山下の方に走った。

「神崎さま……」

下谷広小路傍の上野新黒門町《しんくろもんちょう》や上野北大門町の木戸番たちが駆け付けて来た。

「おう。殺しだ」

「あっ……」

上野北大門町の木戸番の平助《へいすけ》が、殺された若い武士の顔を見て眉をひそめた。

「仏、知っているのか……」

「はい。笠原淳之介《かさはらじゅんのすけ》さまと仰る練塀小路《ねりべいこうじ》に住む御家人の息子さんです」

平助は、微かな嘲りを滲ませた。

「余り評判の良くない奴のようだな」

和馬は、平助の表情を読んだ。

「はい……」

平助は素直に頷いた。

「和馬の旦那……」

幸吉が戻って来た。

「どうだった」

「らしい野郎、何処にも……」

幸吉は、息を弾ませながら首を横に振った。

「そうか……」

和馬は、笠原淳之介の死体を近くの自身番に運んで検め、平助から詳しい話を訊く事にした。

南町奉行所の用部屋には、陽が眩しく差し込んでいた。

「旗本の倅が賭場荒しだと……」

南町奉行所吟味方与力秋山久蔵は眉をひそめた。

「はい。こいつは噂ですが、博奕に負けた腹いせに、仲間を呼んで賭場を荒し、壺振りに大怪我をさせたとか……」

弥平次は告げた。

「柳橋の。その噂、裏は取れるのか……」

「今、雲海坊と由松が伝手を辿って博奕打ちたちに訊き廻っています」

「そうか。それにしても噂が本当だとしたら旗本も落ちたものだな」

久蔵は苦笑した。

「ええ。負けた腹いせに賭場を荒すなど、まるで子供のような奴ですよ」

「柳橋の、ような奴じゃあねえ、馬鹿な餓鬼そのものなんだよ」

弥平次は呆れた。

久蔵は吐き棄てた。

「馬鹿な餓鬼そのものですか……」

「ああ。それから賭場を荒らされ、壺振りに大怪我をさせられた貸元、大人しく黙っているかな」

久蔵は、厳しさを過ぎらせた。

「心配なのはそこでしてね。貸元は顔を潰されたと黙っちゃあいません。それで、雲海坊と由松に裏を取らせているんですがね」

弥平次は眉をひそめた。

「秋山さま……」

和馬がやって来た。

「おう。入れ」

「はい……」

和馬は、用部屋に入って久蔵と向き合った。

「どうした」

「下谷広小路で笠原淳之介と云う御家人の倅が刺し殺されました」

和馬は、下谷広小路で起きた殺しを報せた。

「御家人の倅が刺し殺された……」

「はい。殺《や》ったのは紺色の縞の半纏を着た若い男だそうです」

「町方の者か……」

「はい……」

「で、その笠原淳之介、刀はどうしていた」

「抜いてはおらず、闘った様子もありません」

和馬は、侮りを過ぎらせた。

「そうか……」

久蔵は嗤った。

刀を抜かず、闘いもせずに殺されるのは武門の恥辱とされた。

「和馬の旦那、幸吉は……」

弥平次は尋ねた。

「うん。紺色の半纏を着た男を捜しているよ」

「そうですか……」

「して、笠原淳之介、どんな奴なんだ」

「同じ旗本御家人の倅たちと連んで遊び廻っていましてね。余り評判の良くない奴です」

「ならば恨みか……」

久蔵は睨んだ。

「きっと……」

和馬は、悔しげな面持ちで頷いた。

「仏は御家人の倅、その辺の探索、余り上手くいかねえか……」

久蔵は、和馬の顔色を読んだ。

「はい。父親の笠原忠太夫《ちゅうだゆう》が町方の詮議は受けぬと……」

「ふん。偉そうな事を抜かす前に、刀を抜かず町方の者に刺し殺された不覚者の倅を恥じるんだな。よし、和馬、遠慮は要らねえ。淳之介の周辺を徹底的に洗いな」

久蔵は、冷たく云い放った。


幸吉は、勇次と共に紺色の縞の半纏を着た若い男を捜した。

下谷広小路、入谷、浅草……。

だが、紺色の縞の半纏を着た若い男など大勢いる。

幸吉と勇次は、粘り強く捜し続けた。

雲海坊と由松は、旗本の倅の賭場荒しの噂が事実だと突き止めて来た。

「で、荒らされた賭場は、何処の誰の賭場か分かったのか……」

弥平次は尋ねた。

「はい。浅草 聖天町《しょうでんちょう》の聖天の岩五郎《いわごろう》って貸元の賭場です」

由松は報せた。

「聖天の岩五郎か……」

「はい」

「で、荒らした旗本の倅ってのは……」

「本郷《ほんごう》三丁目の真光寺門前町を入った先に屋敷のある島野典膳《しまのてんぜん》って千石取りの旗本の倅で右京《うきょう》って奴です」

雲海坊は告げた。

「島野右京か……」

「はい。餓鬼の頃から我儘《わがまま》な奴だそうでしてね。ちょいと聞き込んだだけでも悪い評判ばかりでしたよ」

雲海坊は苦笑した。

「そうか、御苦労だったな。じゃあ、幸吉たちと御家人の倅殺しを頼むぜ」

弥平次は、御家人の倅の笠原淳之介殺しの経過を説明し、探索に加わるように命じた。

「承知しました」

雲海坊と由松は頷いた。

和馬は、由松と共に殺された笠原淳之介の身辺を調べ始めた。

幸吉は、勇次や雲海坊と紺の縞の半纏を着た若い男を捜した。

遊び人、博奕打ち、盗人《ぬすっと》……。

幸吉、雲海坊、勇次は、紺の縞の半纏を着た若い男をそうした者と睨み、裏渡世に生きる者たちを捜し続けた。だが、笠原淳之介を殺したと思われる者は容易に浮かばなかった。

笠原淳之介は、旗本御家人の倅に良くいる小狡い遊び人であり、仲間と連んで町方の者に迷惑を掛けていた。

和馬と由松は、淳之介と連んでいる者たちを捜し廻った。

淳之介と連んでいる者が浮かんだ。

小石川金杉水道町《かなすぎすいどうちょう》に住む坂上竜之進《さかがみりゅうのしん》と云う御家人の倅が、殺された笠原淳之介と連んでいる者の一人だった。

和馬と由松は、小石川金杉水道町にある坂上屋敷に急いだ。

水戸藩江戸上屋敷の表門前から横手に抜け、牛天神《うしてんじん》脇から安藤坂に進み、無量山傳通院《むりょうざんでんずういん》の門前に出る。

傳通院の門前を西に進むと小石川金杉水道町の町家があり、武家屋敷が連なっていた。

武家屋敷の連なりに坂上竜之進の屋敷はあった。

和馬と由松は、坂上屋敷を窺った。

坂上家には、百五十石取りの父親と長兄がおり、二十二歳の竜之進は部屋住みだった。

和馬と由松は、連なる武家屋敷の中間や下男たち奉公人や出入りの商人に聞き込みを掛け、坂上竜之進の評判を調べた。

坂上竜之進は、笠原淳之介同様に評判の悪い若者だった。

「いるんですかね、竜之進の野郎……」

由松は、坂上屋敷を睨み付けた。

「さあな。ま、暫く見張ってみよう」

和馬と由松は、路地に入って坂上屋敷を見張った。

陽が西に傾いた頃、坂上屋敷から若い武士が出て来た。

「和馬の旦那……」

「ああ。形《なり》や人相から見て竜之進の野郎に違いないだろう」

和馬は見定めた。

「はい。で、どうします」

「仲間と逢うかも知れないな」

「ええ。そうすれば、竜之進の他にも殺された笠原淳之介と連んでいた奴が分かるかもしれません」

由松は頷いた。

「うん。紺色の縞の半纏を着た若い男を知っているかどうかは、その後だ」

「承知……」

和馬と由松は、傳通院の門前に向かう坂上竜之進を追った。

湯島天神の境内は参拝客で賑わっていた。

坂上竜之進は、鳥居を潜って参道を進んだ。

和馬と由松は、充分に距離を取って坂上を尾行た。

坂上は、参道から境内に進んだ。

参拝客が行き交い、横手から現れた浪人が坂上の後ろに付いた。

「和馬の旦那……」

由松は眉をひそめた。

「どうした……」

「野郎の後ろに現れた浪人、鳥居の処にいた野郎ですぜ」

由松は、坂上の後ろを行く浪人を示した。

「なに……」

「坂上の野郎が此処に来るのを待っていたのかもしれません」

由松は、鳥居の傍に佇んでいた浪人を思い出していた。

「じゃあ、まさか……」

和馬は緊張した。

坂上は、境内の茶店の縁台に腰掛けて茶を頼んだ。

浪人は、そのまま本殿に進んで行った。

「違ったかも……」

由松は、緊張を解いて吐息を洩らした。

「ああ。ちょいと考え過ぎたのかもな……」

和馬は苦笑した。


浅草広小路は、西に下谷広小路と東叡山寛永寺《とうえいざんかんえいじ》、北に金龍山浅草寺、東に大川に架かる吾妻橋と本所、南に蔵前通りと浅草御門、両国広小路に繋がっている。

幸吉、雲海坊、勇次は手分けして紺の縞の半纏を着た若い男を探し歩き廻った。

そして、幸吉と雲海坊は、浅草広小路の蕎麦屋で落ち合った。

「そうか、笠原淳之介を殺ったと思える奴は浮かばないか……」

「ああ。紺の縞柄の半纏を着た野郎はいるんだがな。で、幸吉っつぁんはどうだ」

雲海坊は、音を立てて蕎麦を啜《すす》った。

「同じだ。紺の縞の半纏だけじゃあ、捜し出すのは無理なのかもしれんな」

幸吉は眉をひそめた。

「ああ……」

雲海坊は頷いた。

「遅くなりました……」

勇次がやって来た。

「おう。早く腹拵えをしちまいな」

幸吉は迎えた。

「はい。親父、掛け蕎麦、大盛りで頼む」

勇次は、板場にいる蕎麦屋の親父に大声で注文した。

「で、何か分かったかい」

「ええ。紺の縞の半纏を着た野郎がいるって聞きましてね。何処の誰か突き止めるのに手間取りました」

「で、分かったのか……」

「ええ。丈八《じょうはち》って博奕打ちでした」

「博奕打ちの丈八か、で、何処にいるんだ」

「そいつが、浅草聖天町の博奕打ちの貸元の身内だと聞きましてね」

「浅草聖天町の博奕打ち……」

雲海坊は、怪訝な面持ちで勇次を見た。

「ええ。聖天の岩五郎って貸元です」

勇次は告げた。

「聖天の岩五郎だと……」

雲海坊は眉をひそめた。

「ええ。丈八、そこにいる筈だと……」

勇次は頷いた。

「雲海坊、ひょっとしたら……」

幸吉は、緊張を滲ませた。

「ああ。旗本の倅たちに賭場を荒らされ、壺振りに怪我をさせられた博奕打ちの貸元だ」

雲海坊は頷いた。

「えっ、じゃあ……」

勇次は戸惑った。

「ああ。殺された笠原淳之介は、岩五郎の賭場を荒らした旗本御家人の馬鹿息子たちの一人で、紺の縞の半纏を着た若い男は、賭場を荒らされた岩五郎の身内か

「もしれない」

雲海坊は読んだ。

「ああ。で、そいつが丈八……」

幸吉は頷いた。

博奕に負けた旗本の倅が、腹いせに賭場を荒らして壺振りに怪我をさせた件は、笠原淳之介殺しに繋がっているかもしれないのだ。

幸吉と雲海坊は、勇次が大盛りの掛け蕎麦を食べ終えるのを待って浅草聖天町に向かった。

浅草聖天町は、隅田川沿いの花川戸町の道を進み、山之宿六軒町《やまのしゆくろつけんちよう》の外れにある二叉《ふたまた》の西側にある。

博奕打ちの貸元、聖天の岩五郎の家はその聖天町にあった。

幸吉、雲海坊、勇次は、聖天の岩五郎の家を窺った。

聖天の岩五郎の家は腰高障子を閉め、静寂に包まれていた。

「妙に静かだな」

雲海坊は戸惑った。

「暫く様子を窺ってみよう」

「ええ……」

幸吉、雲海坊、勇次は、聖天の岩五郎の家を見張る事にした。

二

湯島天神の境内を出た坂上竜之進は、中坂を下って明神下の通りに向かった。

同朋町《どうぼうちょう》を過ぎると、中坂の左右には旗本屋敷が連なっている。

坂上竜之進は中坂を下った。

和馬と由松は追った。

中坂に人通りは少なく、生暖かい風が吹上げた。

町方の若い男が路地から現れ、匕首を構えて中坂を下る坂上に体当たりした。

坂上は、不意を突かれて棒立ちになった。

町方の若い男は、匕首を坂上の脇腹から抜いて尚も刺した。

血が飛び散った。

しまった……。

和馬は、猛然と中坂を駆け下った。

由松は続いた。

町方の若い男は、和馬と由松に気が付いて身を翻した。

「由松、坂上を頼む」

和馬は、由松に叫んで若い男を追った。


若い男は、中坂を駆け降りて明神下の通りに出た。そして、行き交う人を突き飛ばしながら神田川に向かって走った。

「待て……」

和馬は、裾を端折《はしょ》って長い脛《すね》を露にして追った。

中年の武士が、中間を従えて明神下の通りを反対側からやって来た。

「退《ど》け……」

若い男は、中年の武士に怒鳴り、血塗れの匕首を振り廻して擦れ違おうとした。

刹那、中年の武士は、抜き打ちの一刀を若い男に放った。

若い男は、肩を斬られて仰け反った。

「無礼者……」

中年の武士は、仰け反った若い男を斬り下げた。

若い男は、地面に叩き付けられたように倒れた。

和馬は、倒れた若い男に駆け寄った。

若い男は、首筋を斬られて死んでいた。

「町奉行所の者か……」

中年の武士は、刀に拭いを掛けながら厳しい面持ちで尋ねた。

「はい。南町奉行所定町廻り同心の神崎和馬です」

「私は旗本本間《ほんま》昌幸《まさゆき》、血塗れの匕首を振り廻す慮外者を討ち果たした。用があれば駿河《するが》台《だい》の屋敷に訪ねて来るが良い」

中年の武士は、和馬にそう云い残して不忍池に向かって立ち去った。

中間が従って行った。

和馬は、斬り殺された若い男を呆然と見詰めるしかなかった。

坂上竜之進は、脇腹を何度も刺されながらも微かに息をしていた。

由松は、眉をひそめて見ている旗本屋敷の中間や小者に手を貸してくれるように頼んだ。そして、小者の持って来た戸板に坂上を乗せ、医者の許に運んだ。

医者は、厳しい面持ちで坂上の傷の手当てを急いだ。

由松は見守った。

「ほう。噂は本当だったか……」

「はい。荒らされたのは浅草聖天町の博奕打ちの貸元の岩五郎の賭場で、荒らしたのは本郷に屋敷を構える旗本の島野典膳さまの倅の右京だそうです」

弥平次は、久蔵に報せた。

「どうしようもねえ馬鹿な餓鬼は、島野右京って野郎か……」

久蔵は苦笑した。

「はい……」

弥平次は頷いた。

「秋山さま……」

和馬が、足音を鳴らしてやって来た。

「どうした」

「はい。笠原淳之介と連んでいた坂上竜之進と申す旗本の倅が、町方の若い男に襲われました」

「何だと……」

久蔵は眉をひそめた。

和馬は事の顚末を話した。

「して、坂上竜之進、命は助かりそうなのか」

「未だ分かりませんが、由松が付いています」

「うむ。坂上竜之進、殺された笠原淳之介の悪仲間なのは間違いないのだな」

「はい……」

和馬は頷いた。

「それで、坂上を刺し、旗本の本間どのに斬り棄てられた若い男、何処の誰か分かったのか……」

「そいつが身許の分かるような物は何も持っていませんでして、未だ」

「笠原を刺し殺した者とは別人なのだな」

「はい、そいつは間違いありません」

和馬は頷いた。

「秋山さま……」

弥平次は眉をひそめた。

「うむ。笠原淳之介殺しと坂上竜之進襲撃はそれぞれ別人の仕業だが、裏で繋がっていると見るべきなのだろうな」

久蔵は読んだ。

「きっと……」

弥平次は頷いた。

「それにしても、本間さまも斬り殺す迄もなかったんですがね……」

和馬は、不満を浮かべた。

「和馬、血塗れの匕首を振り廻す慮外者、本間どのが斬り棄てたのに不都合はない。町方や他の者に怪我人や死人が出なかったのをありがたいと思うしかあるまい」

久蔵は、厳しい面持ちで告げた。

「それはそうなんですが……」

「よし、和馬。おそらく笠原淳之介と坂上竜之進は、連んで命を狙われる程の真似をした筈だ。何をしたかと他にも仲間がいるかどうか急ぎ突き止めるんだな」

久蔵は命じた。

聖天の岩五郎の家に出入りする者は、相変わらずいなかった。

幸吉と勇次は見張り続けた。

「幸吉の兄貴、博奕打ちの貸元の家にしては静か過ぎます。何かあったんじゃあないですかね」

勇次は焦《じ》れた。

「うん。雲海坊が聞き込みから戻ったら、乗り込んでみるか……」

幸吉は、下手に乗り込んで丈八に逃げられるのを恐れていた。

「ええ……」

勇次が頷いた。

「どうだ。動きはあったかい」

雲海坊が戻って来た。

「いや。相変わらずだ。そっちはどうだった」

「うん。聖天の岩五郎の身内の丈八、いつも紺の縞の半纏を着ていてな。若いけど中々しっかりした野郎だそうだぜ」

「そうか……」

「で、此処の処、見掛けないそうだ」

「見掛けない……」

「ああ。丈八たち聖天一家の連中、此処の処、余り姿を見掛けないそうだ」

雲海坊は、微かな笑みを浮かべた。

「まさか、いないんじゃあ……」

勇次は眉をひそめた。

「かもしれないな……」

雲海坊は頷いた。

「よし。俺と勇次が踏み込んでみる。雲海坊は表にいてくれ」

幸吉は、丈八が逃げた時の為に雲海坊を残して踏み込む事に決めた。

「承知……」

雲海坊は頷いた。

幸吉と勇次は雲海坊を残し、博奕打ちの貸元聖天の岩五郎の家に向かった。


「邪魔するぜ……」

勇次は、腰高障子を開けた。

長押《なげし》に提灯の並んでいる土間は薄暗く、人気《ひとけ》がなかった。

「誰かいないのかい……」

勇次は土間に入った。

幸吉が続いた。

「何か用かい……」

痩せた初老の男が奥から現れ、鋭い眼差しで幸吉と勇次を見据えた。

「俺たちはお上の御用を承っている者だが、お前さんは……」

幸吉は、懐の十手を見せた。

「聖天の岩五郎だ」

初老の男は名乗った。

「お前さんが貸元の岩五郎さんかい」

「ああ……」

「丈八はいるかな」

「いませんぜ」

「いない……」

「賭場荒しに遭いましてね。それ以来、丈八たち若い者はみんな出て行っちまった」

岩五郎は、悔しげに顔を歪めた。

「出て行った」

勇次は戸惑った。

「ああ。賭場を荒らされ、壺振りに大怪我をさせられるような情けねえ貸元、見限られても仕方がねえさ」

岩五郎は、己を嘲笑《あざわら》った。

「じゃあ、丈八が今、何処にいるか知らないのか……」

「ああ……」

岩五郎は、薄笑いを浮かべて頷いた。


「見限って出て行った……」

雲海坊は、戸惑いを浮かべた。

「ええ。ですから、丈八が何処にいるのかは知らないそうです」

勇次は眉をひそめた。

「幸吉っつぁん……」

「さあて、本当かどうか……」

幸吉は、岩五郎の薄笑いが気になった。

「ああ。素直には受け取れねえな」

雲海坊は頷いた。

「よし。雲海坊、勇次、此のまま岩五郎を見張ってくれ。俺は親分の処に行ってくる」

幸吉は、雲海坊と勇次を残して柳橋に急いだ。


神田同朋町の町医者『泰命堂《たいめいどう》』に担ぎ込まれた坂上竜之進は、手当ての甲斐《かい》もあってどうにか命を取り留めた。

「で、坂上、気を取り戻したか……」

和馬は、付き添っていた由松に訊いた。

「ええ。ですが、直ぐ又……」

由松は、首を横に振った。

「そうか。じゃあ、何も聞く暇はなかったな」

「はい……」

「それで由松、坂上屋敷の者は来たのか……」

「はい。先程、兄上さまって方が来ましてね。屋敷に引き取る仕度をすると云い、下男を残して帰りましたよ」

「その下男、逢えるかな……」

「呼んで来ます」

由松は、坂上竜之進に付き添っている下男を呼びに行った。


「竜之進さまの遊び仲間ですか……」

中年の下男は、微かな怯えを過ぎらせた。

「うむ。笠原淳之介が殺され、竜之進さんが刺された。もし、他にも遊び仲間がいたらそいつも危ない。知っているなら教えちゃあくれないか」

「は、はい。竜之進さまの遊び仲間は、他に市倉敬之助《いちくらけいのすけ》さまと仰る方がいらっしゃいます」

「市倉敬之助……」

「はい。時々、竜之進さまを訪ねてお見えですが……」

「他には……」

「もうお一方いらっしゃるようですが、手前は存じません」

中年の下男は首を捻った。

「知らないか……」

「はい。竜之進さまを訪ねて御屋敷にお見えになる方は笠原淳之介さまと市倉敬之助さまだけでしたので……」

「そうか。じゃあ、その市倉敬之助の屋敷が何処か知っているか……」

「確か下谷の御徒町《おかちまち》と聞いております」

中年の下男は告げた。

「下谷御徒町の市倉敬之助か……」

「和馬の旦那……」

「うん。行くぞ、由松……」

和馬と由松は、中年の下男に礼を云って下谷御徒町に急いだ。

暮六つ(午後六時)が近付き、南町奉行所は表門を閉める仕度をしていた。

弥平次と幸吉は、久蔵の許に駆け付けた。

「何だと、紺の縞の半纏を着た若い男、聖天の岩五郎の身内だと……」

久蔵は眉をひそめた。

「はい。丈八と云う野郎でした」

　幸吉は告げた。

「丈八か……」

「秋山さま、どうやら笠原淳之介と坂上竜之進、島野右京と一緒に聖天一家の賭場を荒し、岩五郎の手下に落し前をつけられたのかもしれません」

　弥平次は読んだ。

「ああ。して幸吉、その丈八、聖天一家にいるのか……」

「そいつが、貸元の岩五郎の話では、賭場を荒らされ、壺振りに怪我をさせられた貸元を見限り、丈八を始めとした若い者は皆、出て行ってしまったと。岩五郎の家には三下もいない様子です」

「じゃあ、岩五郎は丈八が何処にいるのか知らねえと云うのか……」

「はい……」

　幸吉は頷いた。

「ふん。岩五郎の野郎、下手な芝居を打って惚けやがって……」

　久蔵は云い放った。

「やはり、秋山さまもそう思いますか……」

幸吉は、身を乗り出した。

「ああ、おそらく丈八や手下共は岩五郎に命じられ、賭場に隠れて島野右京たちに賭場荒しの落し前をつけようとしているのだ」

久蔵は睨んだ。

「賭場ですか……」

「ああ。幸吉、聖天の岩五郎の賭場を当たってみろ」

久蔵は、厳しい面持ちで命じた。


下谷御徒町は夕陽に照らされ、役目を終えた者が下城して来ていた。

和馬と由松は、御徒町に屋敷のある市倉敬之助を捜した。

「確かこの辺りの筈ですが……」

由松は、忍川《しのぶがわ》に架かっている三枚橋に佇んで連なる屋敷を見廻した。

「由松……」

和馬は、険しい眼差しで或る屋敷の前を見詰めていた。

「はい……」

「あそこに妙な野郎がいる」

和馬は、或る屋敷の斜向《はすむ》かいの路地を示した。

「妙な野郎ですか……」

由松は、和馬の示した路地を見詰めた。

「ああ。半纏を着た町方の野郎だ」

路地の入口に人影が僅かに見えた。

「まさか……」

「ああ。おそらくそのまさかだろうな」

和馬は、半纏を着た男を笠原淳之介を殺し、坂上竜之進を襲った者たちの仲間だと睨んだ。

「じゃあ、野郎のいる路地の前の屋敷が市倉敬之助の屋敷ですか……」

「きっとな。野郎、市倉敬之助が出て来るのを待っているんだぜ」

「どうします」

「今度こそ襲撃を食い止めてやる」

和馬は、武者震いをした。

僅かな時が過ぎ、路地の斜向かいの屋敷から若い武士が出て来た。

「和馬の旦那、市倉敬之助ですかね……」

「そうなら、野郎が追う筈だ」

和馬と由松は見守った。

若い武士は、夕暮れ時の武家屋敷街を見廻し、のんびりとした足取りで下谷広小路に向かった。

路地から半纏を着た男が現れ、若い武士を追った。

「どうやら市倉敬之助に違いなさそうだな」

和馬は見定めた。

「ええ……」

和馬と由松は、市倉敬之助と半纏を着た男を追った。

市倉敬之助は、忍川沿いの道を下谷広小路に向かっていた。

「和馬の旦那。市倉敬之助は笠原や坂上が襲われたのを知らないんですかね」

「ああ。知っていりゃあ、屋敷からのこのこ出て来はしないだろう」

和馬は、半纏を着た男と市倉を厳しい面持ちで見据えて追った。

町は夕暮れに覆われ、明かりが灯され始めた。

三

日は暮れた。

弥平次は、鋳掛屋《いかけや》の寅吉を呼んで聖天の岩五郎を見張らせた。そして、幸吉、勇次、雲海坊に聖天一家の賭場を洗わせた。

聖天一家の賭場は、浅草新鳥越町《しんとりごえちょう》の源正寺、入谷の清福寺、谷中の長泉寺の三ヶ所があった。

旗本の島野右京が博奕で負け、腹いせに荒らしたのは谷中の長泉寺の賭場だった。

幸吉と勇次は、谷中の長泉寺に走った。

谷中の長泉寺の賭場は、裏庭の隅の家作にあった。そして、島野右京たちに荒らされた後、岩五郎は賭場を閉めていた。

幸吉と勇次は、賭場が開かれていた家作を窺った。

家作は暗く、人がいる気配は窺えなかった。

「誰もいませんね」

「ああ。新鳥越の源正寺か入谷の清福寺だな」

「源正寺には雲海坊の兄貴が行っていますから、あっしたちは入谷の清福寺に行きますか」

「ああ……」

幸吉と勇次は、入谷の清福寺に急いだ。


下谷広小路の裏通りの盛り場には、飲み屋の明かりが幾つも灯されていた。

市倉敬之助は、明かりの灯された飲み屋を覗きながら進んだ。

半纏を着た男は尾行た。

由松は、市倉の覗いた飲み屋に走り、覗いてどうしたのか訊いて来た。

「市倉の野郎、笠原や坂上が来ていないか尋ね歩いていますぜ」

「市倉、やはり笠原や坂上が襲われたのを知らないんだな」

「ええ。自分が狙われているのもね……」

由松は苦笑した。

和馬と由松は、市倉と半纏を着た男を追った。

市倉は、馴染の飲み屋に笠原や坂上が来ていないと知り、下谷広小路に向かった。

下谷広小路には提灯が行き交っていた。

市倉敬之助は、下谷広小路を抜けて湯島天神裏門坂道に向かった。

半纏を着た男は、懐に手を入れて足取りを速めた。

「市倉さま……」

半纏を着た男は、市倉に近付いて不意に呼び掛けた。

「うん……」

市倉は、怪訝な面持ちで振り返った。

半纏を着た男は、懐から匕首を抜いて閃かせた。

市倉は怯んだ。

刹那、飛び込んで来た和馬が、半纏を着た男に体当たりした。

半纏を着た男は、弾き飛ばされて大きくよろめいた。

由松が、手拭に包んだ拳大の石を半纏を着た男の顔に叩き付けた。

鈍い音がした。

半纏を着た男は、鼻血を飛ばして倒れた。

「神妙にしやがれ」

由松は、半纏を着た男から匕首を取り上げて縄を打った。

和馬は、呆然と立ち尽くしている市倉に近付いた。

「市倉敬之助さんだな」

「う、うむ……」

市倉は、戸惑いながら頷いた。

「俺は南町奉行所定町廻り同心の神崎和馬って者だ。一緒に来て貰うぜ」

和馬は、嘲りを浮かべながら告げた。

「お、俺は直参、町奉行所の不浄役人の指図は受けん」

市倉は、必死に押し返そうとした。

「一緒に来られないのなら、笠原淳之介や坂上竜之進の二の舞になるがいいさ」

「二の舞、笠原や坂上がどうかしたのか……」

市倉は困惑した。

「ああ。笠原は殺され、坂上は大怪我をした」

「な、何だと……」

市倉は驚いた。

「そして、お前さんだ。今夜はどうにか助かったが、明日は分からないぜ」

「明日……」

「ああ。お前さんの命を狙っているのは、こいつだけじゃあない」

和馬は、由松が押えている半纏を着た男を示した。

「ほ、他にもいるのか……」

市倉は、焦りを浮かべた。

「ああ。笠原を殺った野郎は未だ逃げ廻っているし、未だ未だいる筈だ。此のまま騒ぎが続けば、市倉の家も只じゃあ済まないぜ」

和馬は脅した。

「市倉の家も……」

市倉は、怯えを露にした。

「ああ。此の一件、不浄役人の俺たちが手を引き、目付に預ければな」

和馬は厳しく告げた。

目付は、若年寄に直属して旗本御家人を監察するのが役目だ。

「分かった……」

市倉は項垂れた。

和馬は苦笑した。

入谷の清福寺は鬼子母神《きしもじん》の近くにあった。

幸吉と勇次は、清福寺の様子を窺った。

清福寺は、境内の掃除も満足にされておらず、荒れていた。

「丈八たちは、此処にいるようだぜ」

雲海坊が暗がりから現れた。

「来ていたのか……」

幸吉は、雲海坊が先に廻った新鳥越町の源正寺に何事もなかったのを知った。

「ああ……」

「此処か……」

幸吉は、清福寺の荒れた境内を眺めた。

「うん。清福寺の住職は酒と女に使う金が欲しさに、聖天の岩五郎に奥の座敷を貸しているようだぜ」

雲海坊は苦笑した。

「生臭坊主か……」

「ああ……」

「じゃあ、清福寺の奥の座敷に丈八たち聖天一家の者が潜んでいるんですね」

勇次は読んだ。

「さっき、ちょいと潜り込んで覗いてみたが、間違いない」

雲海坊は頷いた。

「人数は……」

「七、八人って処かな」

雲海坊は睨んだ。

「よし。勇次、此の事を親分と秋山さまに報せろ」

「承知……」

勇次は、幸吉と雲海坊を残して駆け去った。

幸吉と雲海坊は清福寺に残り、丈八たち聖天一家の者たちの出入りを見張った。

南茅場町《みなみかやばちょう》の大番屋は、日本橋川を背にして鎧ノ渡《よろいのわたし》の近くにあった。

久蔵は、和馬の報を受けて大番屋を訪れた。

和馬は、市倉敬之助を襲った半纏を着た男を詮議場の土間に引き据え、容赦なく責めた。

半纏を着た男は、梅吉《うめきち》と云う名の聖天一家の博奕打ちだった。

久蔵は、詮議場の座敷にあがって和馬の詮議を見守った。

「で、梅吉、手前が市倉敬之助を襲ったのは、奴が聖天一家の賭場を荒らした者共の一人だからだな」

和馬は問い質した。

「へい。賭場を荒らされ、壺振りに大怪我をさせられて尻尾を巻いたら、裏渡世じゃあ生きていけねえ。だから、皆殺しにして落し前をつけると、岩五郎の貸元が……」

梅吉は、傷だらけの顔を歪めて告げた。

「坂上竜之進を襲ったのは、何て野郎だ」

由松は、手にした笞《むち》で梅吉の背を突いた。

「平太《へいた》って野郎です」

「和馬の旦那……」

「うん。じゃあ、丈八が笠原淳之介を殺して平太が坂上竜之進を襲い、梅吉、お前が市倉敬之助を殺そうとしたって訳だな」

「へい……」

梅吉は頷いた。

「で、お前や丈八たちは何処に隠れているんだ」

「入谷の清福寺です」

「入谷の清福寺か……」

「はい」

「で、賭場荒しの張本人の島野右京を狙っているのは誰だ」

和馬は訊いた。

「そいつは知らねえ……」

梅吉は、和馬から顔を背けた。

「惚けるんじゃあねえ」

由松が、梅吉を笞で激しく打ち据えた。

「本当に知らねえ……」

梅吉は、激痛に顔を歪めた。

「手前……」

由松は、笞を振り上げた。

「由松……」

久蔵は止めた。

「秋山さま……」

「ちょいと一服しな。後は俺が訊いてみるぜ」

久蔵は、冷笑を浮かべて土間に降りた。

「秋山さま……」

梅吉は、頬を引き攣らせた。

「ああ。南町の秋山久蔵さまだ……」

由松が告げた。

「か、剃刀久蔵……」

梅吉は、怯えを滲ませた。

「梅吉、云いたくなけりゃあ云わなくてもいいぜ。その代わり、どうなるかは分からねえがな」

久蔵は、いきなり梅吉の手を押え、小柄で右手の人差指の爪を剝《は》いだ。

梅吉は、思わず悲鳴をあげて仰け反った。

「ま、両手十本の指の爪を剝いだ処で死にはしねえ」

久蔵は、梅吉に冷たく笑い掛けた。

梅吉は、爪の剝がされた指を押えて蹲った。

押えた手の指の間から血が溢れ、土間に滴り落ちた。

「梅吉、人ってのは、血が流れ過ぎると死ぬ。両手十本の指の爪を剝ぎ、血の流れ出るのをじっくりと待ってやってもいいんだぜ」

久蔵は、梅吉を冷たく見据えた。

「あ、秋山さま。岩五郎の貸元は、島野右京殺しを浪人に金で頼みました」

梅吉は、嗄れ声を震わせた。

「浪人……」

「へい。時々、賭場に出入りしている浪人です」

「何処の何て浪人だ」

「何処にいるかは分かりませんが、黒沢兵衛《くろさわひょうえ》って名前です」

「浪人の黒沢兵衛……」

久蔵は眉をひそめた。

「へい……」

「梅吉、嘘偽りはねえな」

久蔵は念を押した。

「そりゃあもう……」

梅吉は、震えながら頷いた。

「よし。由松、梅吉を仮牢に引き立て医者を呼んでやれ」

久蔵は命じた。

「はい。さあ、来い……」

由松は、梅吉を引き立てて行った。

「秋山さま……」

弥平次と勇次が入って来た。

「おう。どうした柳橋の……」

「はい。丈八たち聖天一家の者たちの隠れている処が分かりました」

「何処だ」

「入谷の清福寺です」

勇次は身を乗り出した。

「やはりな。で、人数は……」

「雲海坊の兄貴の話では、七、八人ぐらいだと……」

「よし、分かった。和馬、夜明けに踏み込む。仕度をしろ」

「はい。で、秋山さま、市倉敬之助は如何しますか」

「此のまま仮牢に放り込んで置け」

「は、はい。ですが……」

和馬は眉をひそめた。

「なあに、外を彷徨いて殺されたり大怪我をするより良いだろう」

久蔵は冷たく云い放った。

「そりゃあそうですね」

和馬は、苦笑しながら頷いた。

「で、柳橋の。聖天の岩五郎は何処にいる」

「聖天町の家にいるそうです」

「よし。先ずは岩五郎から始末するぜ」

久蔵は、不敵な笑みを浮かべた。

浅草聖天町にある聖天の岩五郎の家は、早々と大戸を閉めていた。

久蔵は、由松を従えて聖天の岩五郎の家にやって来た。

鋳掛屋の寅吉が、物陰の暗がりから現れた。

「おう。寅吉、御苦労だな」

久蔵は労った。

「いいえ。偶には働かなきゃあ……」

寅吉は、久し振りに逢った久蔵に笑顔を見せた。

「で、寅吉さん、岩五郎は……」

由松は尋ねた。

「いるよ」

「他には……」

「三下が一人戻って来て、世話をしているようだぜ」

「秋山さま……」

「よし。寅吉と由松は裏に廻れ。俺は表から踏み込む」

「承知。行くぜ、由松……」

「はい」

寅吉と由松は、裏に廻って行った。

久蔵は、寅吉と由松が裏に廻ったのを見計らって大戸の潜り戸に刀を突き入れた。そして、小さく開けた穴に手を入れ、横猿《よこさる》を外して潜り戸を開けた。
岩五郎の家の土間は暗かった。
久蔵は、框《かまち》にあがって廊下の奥を窺った。
奥の部屋から明かりが洩れていた。
久蔵は、奥の部屋に向かった。
徳利を持った三下が台所から現れ、久蔵に気が付いた。
刹那、久蔵が飛び掛かって三下の脾腹《ひばら》に拳を叩き込んだ。
三下は呻き、気を失って崩れ落ちた。
徳利が廊下に落ちて音を立てた。
「どうした。静かにしろ」
部屋から岩五郎の声がした。
久蔵は、部屋の襖を開けた。
岩五郎は久蔵に気付き、咄嗟に猪口を投げ付けて背後の長脇差を取ろうとした。
久蔵は一気に迫り、岩五郎を蹴り飛ばした。
岩五郎は、仰向けにひっくり返った。

寅吉と由松が現れ、岩五郎に縄を打った。

「聖天の岩五郎、下手な芝居もこれ迄だ。お前が賭場荒しの落し前をつけようと、丈八たちに笠原淳之介たちを襲わせたのは分かっているんだぜ」

久蔵は、引き据えられた岩五郎を冷笑した。

「くそ……」

岩五郎は、悔しさに顔を歪めた。

「心配するな岩五郎。落し前は俺がつけてやるぜ」

久蔵は、不敵に云い放った。

四

入谷の清福寺は、夜の静けさに沈んでいた。

和馬と弥平次は、幸吉、雲海坊、勇次と共に清福寺を取り囲んでいた。

丈八たち聖天一家の者に動きはなかった。

時が過ぎた。

久蔵は、寺や神社の支配管理をしている寺社奉行に話を通し、寅吉や由松とやって来た。

「秋山さま……」

和馬が駆け寄った。

「どうだ……」

「丈八たちは奥の座敷にいます」

「今、何人いる」

「丈八を入れて七人です」

「その中に島野右京を狙っている浪人の黒沢兵衛はいるのか……」

「いいえ。浪人はおりません」

「そうか……」

浪人の黒沢兵衛は、何処かに潜んで島野右京の命を狙っているのだ。

早々に丈八たちを片付け、黒沢兵衛に備えなければならない……。

久蔵は決めた。

「よし。夜明けに踏み込む」

「心得ました」

和馬は、緊張した面持ちで頷いた。

寅の刻七つ（午前四時）、東の空が僅かに明るくなった。

和馬は、幸吉、雲海坊、由松、勇次を率いて庫裏《くり》から踏み込んだ。

久蔵は、弥平次や寅吉と奥座敷の庭先に廻った。


和馬、幸吉、雲海坊、由松、勇次は、庫裏の囲炉裏端で酔い潰れている住職を縛り、猿轡《さるぐつわ》を嚙ませて奥座敷に進んだ。

丈八たち七人の聖天一家の者は、奥座敷で眠り込んでいた。

和馬、幸吉、雲海坊、由松、勇次は、襖を蹴倒して奥座敷に入り、眠っていた丈八たちに襲い掛かった。

丈八たちは、慌てふためきながらも必死の応戦を始めた。

「南町奉行所だ。聖天一家の者共、貸元の岩五郎は既にお縄にした。神妙にしろ」

和馬は怒鳴った。

「煩せえ……」

丈八は、和馬に長脇差で斬り掛かった。

和馬は、十手で応戦した。

幸吉は十手、雲海坊は錫杖、由松は角手《かくて》と手拭に包んだ石、勇次は萬力鎖《まんりきぐさり》で長脇差や匕首を振り廻す聖天一家の者たちと渡り合った。

聖天一家の者たちは、障子や雨戸を蹴破って庭に逃れた。だが、庭先には久蔵、弥平次、寅吉が待ち構えていた。

久蔵は、逃げ出して来る聖天一家の者たちを刀の峯《みね》を返して鋭く打ち据えた。

打ち据えられた聖天一家の者たちは、弥平次と寅吉に素早く縄を打たれた。

丈八と二人の博奕打ちが、和馬や幸吉たちと闘いながら庭に降りて来た。

久蔵は立ち塞がった。

丈八たちは立ち竦んだ。

和馬、幸吉、雲海坊、由松、勇次が取り囲んだ。

「丈八、手前が笠原淳之介を刺し殺したのは分かっている。最早、此迄だ」

和馬は、丈八を睨み付けた。

丈八は、獣のような咆吼《ほうこう》をあげて和馬に突き掛った。

和馬は躱し、丈八の長脇差を握る右手の手首を十手で鋭く打ち据えた。

乾いた音が鳴り、丈八の右手の手首が垂れて長脇差が落ちた。

右手の手首の骨が折れたのだ。

和馬は、骨の折れた右手の手首を押えて蹲る丈八を蹴倒した。

寅吉が縄を打った。

幸吉と勇次、雲海坊と由松は、残る二人に襲い掛かって容赦なく叩きのめした。

残るは島野右京を狙う浪人の黒沢兵衛……。

久蔵は、雲海坊と由松を従えて本郷にある島野右京の屋敷に向かった。

朝陽は眩しく輝いていた。


本郷の島野屋敷は、大屋根を朝陽に輝かせていた。

久蔵は、雲海坊や由松と島野屋敷の周囲を廻り、浪人の黒沢兵衛が潜んでいないか見定めた。

黒沢兵衛は潜んでおらず、不審な者もいなかった。

久蔵は、斜向かいの旗本屋敷の路地に入り、島野屋敷を見張る事にした。

「それにしても秋山さま、島野右京が屋敷に引っ込んだままじゃあ、黒沢兵衛がどんなに剣の遣い手でも落し前はつけられませんね」

雲海坊は笑った。

「ああ。だが、黒沢兵衛がどんな奴か分からねえ限り、油断は禁物だ」

「はい……」

雲海坊は頷いた。

黒沢兵衛は、既に聖天の岩五郎や丈八たちが捕らえられたのを知っているかもしれない。

だとしたなら、島野右京を襲わずに済ませるか、それとも義理堅く付け狙うか……。

久蔵は、黒沢の人柄を読んだ。

何れにしろ、こっちは黒沢が動くのを待つしかないのだ。

久蔵は眉をひそめた。

冗談じゃあねえ……。

久蔵は苦笑した。

「雲海坊、由松。黒沢兵衛らしい浪人が現れたら手出しをせずに見守れ。それから、もし島野右京が出て来たら行き先を見届けろ」

久蔵は命じた。

「秋山さまは……」

雲海坊と由松は戸惑った。

「俺か、俺は島野屋敷に行って一件の落し前をつける」

「落し前……」

雲海坊と由松は眉をひそめた。

「ああ……」

久蔵は、不敵な笑みを浮かべて島野屋敷に向かった。


島野家当主の典膳は、南町奉行所吟味方与力秋山久蔵の不意の訪問に困惑しながらも書院に通した。

「して秋山とやら、儂に何用だ」

島野典膳は白髪眉をひそめた。

「御子息右京どの、命を狙われている」

久蔵は、外連《けれん》も昂ぶりもなく典膳に斬り込んだ。

「誰に……」

典膳は、微かな動揺を過ぎらせながら久蔵を見返した。

「岩五郎と申す博奕打ちの貸元に金で雇われた黒沢兵衛なる浪人に……」

久蔵は、典膳を見詰めた。

「何故だ……」

典膳は、衝き上がる苛立ちを必死に押えた。

「右京どのが岩五郎の賭場で博奕に負け、その腹いせに御家人の倅の笠原淳之介、坂上竜之進、市倉敬之助の三人を雇い、賭場を荒して壺振りに大怪我を負わせた」

「賭場を荒らした……」

典膳の苛立ちは、驚きになった。

「ええ。上様直参旗本でありながら御法度の博奕を打ち、負けたからと賭場を荒らす。旗本とも思えぬ無法者の所業……」

久蔵は、蔑《さげす》むような笑みを浮かべた。

典膳は言葉を失った。

「岩五郎は、賭場を荒らされ壺振りに大怪我を負わされた落し前をつけようと、笠原を殺し、坂上を半死半生の目に遭わせ、市倉を襲った。そして、残るは賭場荒しの張本人の島野右京の命。狙っているのは浪人の黒沢兵衛……」

久蔵は告げた。

「あ、秋山、それはまことか……」

典膳は、首筋を引き攣らせた。

「わざわざ嘘偽りを云いに来る程、暇じゃあない」

久蔵は苦笑した。

「まこと、右京が賭場を荒らしたのか……」

典膳は、吐息を洩らして肩を落とした。

「雇われた市倉敬之助と貸元の岩五郎は既に捕らえ、牢に繋いである。何れは目付の榊原采女正《さかきばらうねめのしょう》さまの詮議を受ける事になるでしょう」

「目付の榊原采女正……」

典膳は、緊張を漲らせた。

「左様……」

久蔵は、典膳を見据えて頷いた。

「秋山……」

典膳は、嗄れ声を震わせた。

右京の愚かな真似が目付に知れれば、旗本島野家は厳しい咎めを受けるのは免《まぬか》れない。

「それが嫌なら、島野さまが御自分で事の真相を見定めるが宜しいでしょう」

久蔵は、典膳を哀れんだ。

「うむ……」

典膳は、久蔵に感謝の眼差しで会釈をして家来を呼び、右京を連れて来いと命じた。

久蔵は、典膳を見守った。

典膳は、疲れたように肩を落として庭を眺めていた。

僅かな時が過ぎ、右京が家来に伴われて来た。

右京は、他人への侮りを鼻の先にぶら下げているような顔をしていた。

「何用ですか、父上……」

右京は、久蔵を胡散臭《うさんくさ》げに一瞥し、父親の典膳の前に座った。

「右京、その方、聖天の岩五郎と申す貸元の賭場で博奕に負けた腹いせに、賭場荒しをしたのか……」

「えっ……」

右京は戸惑った。

「笠原、坂上、市倉などの御家人の倅を雇っての賭場荒しだと聞いたが、相違ないのか……」

典膳は、厳しい面持ちで尋ねた。

「ち、父上。それは……」

右京は狼狽えた。

「右京、言い訳無用。博奕に負けた腹いせに賭場荒しをしたと認めるのか認めないのか……」

典膳は苛立った。

「は、はい……」

右京は項垂れ、賭場荒しを働いたのを認めた。

「そうか……」

「父上……」

「それで、黒沢兵衛なる浪人がお前の首を獲ろうとしているそうだ」

「な、何と……」

右京は、怯えを滲ませて辺りを見廻した。

「おのれ、痴《し》れ者が……」

典膳は脇差を抜き、右京の腹を突き刺した。

「ち、父上……」

右京は、呆然と眼を瞠った。

典膳の顔に怒りはなく、哀しみだけが満ち溢れていた。

「右京、お上に仕置されるより、他人の手に掛かるより、父親の儂の手で死ぬのを冥加《みょうが》に思え……」

典膳は、涙を零しながら右京の腹に刺した脇差を押し込んだ。

右京は、喉を鳴らして絶命し、前のめりに蹲った。

「右京、恨むならお家大事の父を恨め、己を恨め……」

典膳は、蹲った右京の背に縋り、全身を嗚咽《おえつ》に揺らした。

「島野さま、秋山久蔵、確《しか》と見届けましたぞ」

久蔵は、右京の遺体に縋って嗚咽を洩らす島野典膳を残して書院を後にした。

「秋山さま……」

雲海坊と由松は、島野屋敷から出て来た久蔵に駆け寄った。

「黒沢兵衛らしき浪人は……」

久蔵は、厳しい面持ちで訊いた。

「現れません」

由松は、首を横に振った。

「そうか……」

「で、島野右京は……」

「うむ。右京は乱心し、お父上の典膳さまに成敗された」

「成敗……」

雲海坊と由松は眉をひそめた。

「ああ。どうやら賭場荒しの落し前はついたようだ」

久蔵は、本郷の通りに向かった。

雲海坊と由松は続いた。

久蔵は、息子を我が手で殺さなければならなかった島野典膳を哀れんだ。

賭場荒しの落し前はついた。

久蔵は、聖天の岩五郎と丈八を死罪に処し、他の者を処払いにした。

重傷を負った坂上竜之進は寝込んだままとなり、市倉敬之助は家から勘当されて浪人になった。そして十日後、市倉は酒に酔って神田川に落ち、土左衛門となった。

暮六つ。

久蔵は、太市を供に南町奉行所を出て八丁堀の屋敷に向かった。

「旦那さま、誰か尾行て来ます」

太市は、背後から囁いた。

「うむ。黒紋付の背の高い浪人だ」

久蔵は苦笑した。

「お気付きですか……」

「ああ。奉行所を出た処から尾行て来た」

「どうします」

「俺の先を行け……」

「はい」

太市は、久蔵の前に進んだ。

楓川に架かる弾正橋に差し掛かった。

久蔵は、弾正橋の上で立ち止まって振り返った。

黒紋付の背の高い浪人は、弾正橋の袂に立ち止まった。

「黒沢兵衛か……」

久蔵は、黒紋付の浪人を島野右京を狙っていた黒沢兵衛だと睨んでいた。

「如何にも……」

頷いた黒沢に殺気はなかった。

殺気を消せる程、剣の腕が立つとも云える。

久蔵は、黒沢を油断なく見据えた。

「して、私に用か……」

「秋山さん、島野右京、乱心して父親に成敗されたと聞いたが、まことか……」

「如何にもまことだ……」

久蔵は頷いた。

「そうか……」

黒沢は、微かな安堵を過ぎらせた。

「聖天の岩五郎に頼まれた落し前、つけられなかったな」

「うむ。屋敷に隠れたまま姿を見せぬ島野右京、討つ事は叶わなかった」

「して、どうする」

「島野右京の命、時を掛けて貰うつもりだったが、今となっては、せいぜい聖天の岩五郎の菩提を弔ってやるしかあるまい」

黒沢は苦笑した。

「そうだな」

久蔵は頷いた。

「いや、造作を掛けた……」

黒沢は、久蔵に会釈をして楓川沿いの道を去って行った。

「旦那さま、後を尾行ますか……」

太市は、立ち去っていく黒沢を睨み付けた。

「太市、黒沢兵衛、尾行られる程の虚けではない。下手な真似をすれば怪我をする」

久蔵は、厳しい面持ちで太市に云い聞かせた。

「は、はい……」

太市は怯んだ。

「よし。帰るぞ」

久蔵は微笑み、弾正橋を渡った。

「はい……」

太市は続いた。

久蔵と太市主従は、夜の八丁堀に立ち去った。

賭場荒しの落し前はついた……。

この作品は「文春文庫」のために書き下ろされたものです。

文春文庫

秋山久蔵《あきやまきゅうぞう》御用控《ごようひかえ》
冬《ふゆ》の椿《つばき》

定価はカバーに表示してあります

2016年4月10日　第1刷

著　者　藤《ふじ》井《い》邦《くに》夫《お》
発行者　飯窪成幸
発行所　株式会社　文藝春秋

東京都千代田区紀尾井町 3-23　〒102-8008
TEL　03・3265・1211
文藝春秋ホームページ　http://www.bunshun.co.jp
落丁、乱丁本は、お手数ですが小社製作部宛お送り下さい。送料小社負担でお取替致します。

印刷製本・大日本印刷
Printed in Japan
ISBN978-4-16-790589-7

（　）内は解説者。品切の節はご容赦下さい。

鳥羽 亮
八丁堀吟味帳「鬼彦組」
闇の首魁

複雑な事件を協力しあって捜査する「鬼彦組」に、同じ奉行所内の上司や同僚が立ちふさがった。背後に潜む町方を越える幕府の闇に、男たちは静かに怒りの火を燃やす。シリーズ第3弾。

と-26-3

鳥羽 亮
八丁堀吟味帳「鬼彦組」
裏切り

日本橋の両替商を襲った強盗殺人。手口を見ると殺しのほかは十年前に巷を騒がした強盗「穴熊」と同じ。だが昔の一味は、鬼彦組の捜査を先廻りするように殺されていた。シリーズ第4弾。

と-26-4

鳥羽 亮
八丁堀吟味帳「鬼彦組」
はやり薬《ぐすり》

江戸の町に流行風邪が蔓延。人気医者・玄泉が出す万寿丸は飛ぶように売れたが、効かないと直言していた町医者が殺された。いぶかしむ鬼彦組が聞きこみを始めると——。シリーズ第5弾。

と-26-5

鳥羽 亮
八丁堀吟味帳「鬼彦組」
謎小町

先ごろ江戸を騒がす「千住小僧」を追っていた同心が殺された！後を追う北町奉行所特別捜査班・鬼彦組に、闇の者どもの「親子の情」が立ちふさがった。大人気シリーズ第6弾！

と-26-6

鳥羽 亮
八丁堀吟味帳「鬼彦組」
心変り

幕府の御用だと偽り戸を開けさせ強盗殺人を働く「御用党」。北町奉行所の特別捜査班・鬼彦組に追い詰められた彼らは、女医師を人質にとるという暴挙にでた！　大人気シリーズ第7弾。

と-26-7

蜂谷 涼
月影の道
小説・新島八重

NHK大河ドラマの主人公・新島八重——壮絶な籠城戦に男装で参加、「幕末のジャンヌ・ダルク」と呼ばれた女性の人生を、女心を描いて定評ある著者がドラマティックに描いた長編。

は-35-4

藤井邦夫
秋山久蔵御用控
花飾り

神田川で刺し傷のある男の死体が揚がった。殺された晩、川の傍にたたずむ女が目撃されていた。さらに翌日、男と旧知の御家人も殺された。二人を恨む者の仕業なのか？　シリーズ第二十弾。

ふ-30-25

（　）内は解説者。品切の節はご容赦下さい。

八木忠純
おんなの仇討ち
喬四郎　孤剣ノ望郷

喬四郎の身辺は騒がしい。刺客と闘いながら、日銭稼ぎの用心棒稼業。思いを寄せるとよも、父の敵を探しているという。偽侍の西田金之助は助太刀を買ってでる腹づもりのようだが……。

や-47-2

八木忠純
関八州流れ旅
喬四郎　孤剣ノ望郷

虎の子の五十両を騙り取られた喬四郎は、逃げた小悪党を追って利根川筋をたどる。だが、無頼の徒が跳梁する関八州のこと、たちまち揉め事に巻き込まれ、逆に八州廻りに追われる身に。

や-47-3

八木忠純
修羅の世界
喬四郎　孤剣ノ望郷

宿願は仇討ち。先立つものは金。刺客と闘いながらも懐の具合が気にかかる喬四郎。今度の仕事は御門番へ届ける弁当の護衛。やさしい仕事と思いきや、高い給金にはやはり裏があった！

や-47-4

八木忠純
目に見えぬ敵
喬四郎　孤剣ノ望郷

喬四郎は二つの決断を迫られていた。一に、手習塾の代教という仕事を引き受けるべきか。二に、美貌の娘・咲と所帯を持つべきか。宿願を遂げるためには、いずれも否とせねばならぬが……。

や-47-5

八木忠純
謎の桃源郷
喬四郎　孤剣ノ望郷

かつておのれを襲った刺客の背後に、御三家水戸藩の後嗣問題と、世を揺るがす陰謀のあることを知った喬四郎。宿敵・東条兵庫を倒すために、もうこれ以上の遠回りはしたくないのだが。

や-47-6

八木忠純
さらば故郷
喬四郎　孤剣ノ望郷

宿敵・東条兵庫の奸計に嵌まり重傷を負った喬四郎は、桃源郷と呼ばれる村に身を隠す。同じ頃、故郷・上和田表では、打倒兵庫の気運が高まっていた。大人気シリーズ完結篇。

や-47-7

山口恵以子
小町殺し

錦絵「艶姿五人小町」に描かれた美女たちが、左手の小指を切り取られて続けざまに殺された。これは錦絵をめぐる連続猟奇殺人なのか？　女剣士・おれんは下手人を追う。（香山二三郎）

や-53-2

燦《さん》 ―1― 風の刃《やいば》
あさのあつこ

疾風のように現れ、藩主を襲った異能の刺客・燦。彼と剣を交えた家老の嫡男・伊月。別世界で生きていた二人には隠された宿命があった。少年の葛藤と成長を描く文庫オリジナルシリーズ。

あ-43-5

燦 ―2― 光の刃
あさのあつこ

江戸での生活がはじまった。伊月は藩の世継ぎ・圭寿と大名屋敷住まい。長屋暮らしの燦と、伊月が出会った矢先に不吉な知らせが。少年が江戸を奔走する文庫オリジナルシリーズ第二弾！

あ-43-6

燦 ―3― 土の刃
あさのあつこ

「圭寿、死ね」。江戸の大名屋敷に暮らす田鶴藩の後嗣に、闇から男が襲いかかった。静寂を切り裂き、忍び寄る魔の手の正体は。そのとき伊月は、燦は。文庫オリジナルシリーズ第三弾。

あ-43-8

燦 ―4― 炎の刃
あさのあつこ

「闇神波は我らを根絶やしにする気だ」。江戸で男が次々と斬りつけられる中、燦は争う者の手触りを感じる。一方、伊月は圭寿の亡き兄の側室から面会を求められる。シリーズ第四弾。

あ-43-11

かっぱ夫婦　樽屋三四郎　言上帳
井川香四郎

ガラクタさえも預かる質屋を営み、店子の暮しを支える長屋の大家夫婦。だが悪徳高利貸しが立ち退きを迫り――。敢然と立ち上がった三四郎の痛快なる活躍を描く、シリーズ第11弾。

い-79-11

おかげ横丁　樽屋三四郎　言上帳
井川香四郎

江戸の台所である日本橋の魚河岸に、移転話が持ち上がった。私欲の為に計画をゴリ押しする老中に、三四郎は反対の声をあげるが、関わる人物が次々と殺されて――。シリーズ第12弾。

い-79-12

狸の嫁入り　樽屋三四郎　言上帳
井川香四郎

桐油屋「橘屋」に届いた、行方知れずの跡取り息子・佐太郎の訃報。だが、とある絵草紙屋の男を死んだはずの佐太郎と疑う浪人が現れた。浪人の狙いは、果たして。シリーズ第13弾。

い-79-13

（　）内は解説者。品切の節はご容赦下さい。

指方恭一郎
出島買います
長崎奉行所秘録　伊立重蔵事件帖
長崎・出島の建設に出資した25人の出島商人。大きな力を持つ彼らの前に26人目を名乗る人物が現れた。そこには長崎進出を目論む江戸の札差の影が――。書き下ろしシリーズ第二弾。
さ-54-2

指方恭一郎
砂糖相場の罠
長崎奉行所秘録　伊立重蔵事件帖
長崎では急落している白砂糖が、大坂で高騰している！　謎の相場を、長崎奉行の特命で調査する伊立重蔵の前では、不審な殺人事件が次々に起こる――。好調の書き下ろしシリーズ第三弾。
さ-54-3

指方恭一郎
奪われた信号旗《しんごうばた》
長崎奉行所秘録　伊立重蔵事件帖
外国船入港を知らせる信号旗が奪われた。伊立重蔵は現場・小倉藩への潜入を決意する。そんな折、善六は博多、吉次郎は下関へ旅立つことに……。九州各国を股に掛けるシリーズ第四弾。
さ-54-4

指方恭一郎
江戸の仇《かたき》
長崎奉行所秘録　伊立重蔵事件帖
長崎開港以来初めてとなる「武芸仕合」の開催が決まった。重蔵も腕を見込まれてエントリー。阿蘭陀人、唐人、さらには江戸で因縁の男まで現れて……。書き下ろしシリーズ第五弾！
さ-54-5

指方恭一郎
フェートン号別件
長崎奉行所秘録　伊立重蔵事件帖
出島に数年ぶりの外国船がやってきた。阿蘭陀船かと喜んだ長崎の街は、イギリス船だと知り仰天する。重蔵は仲間を総動員して街の防衛に立ち上がるが……。人気シリーズ完結編。
さ-54-6

佐伯泰英
神隠し
新・酔いどれ小籐次（一）
背は低く額は禿げ上がり、もくず蟹のような顔の老侍で、無類の大酒飲み。だがひとたび剣を抜けば来島水軍流の達人である赤目小籐次が、次々と難敵を打ち破る痛快シリーズ第一弾！
さ-63-1

佐伯泰英
願かけ
新・酔いどれ小籐次（二）
一体なんのご利益があるのか、研ぎ仕事中の小籐次に賽銭を投げて拝む人が続出する。どうやら裏で糸を引く者がいるようだが、その正体、そして狙いは何なのか――。シリーズ第二弾！
さ-63-2